미엔

미엔

김아영 소설

라임

차 례

위기의 인간

하늘에서 새하얀 가루가 바람을 타고 하나둘 떨어졌다. 눈이었다. 어렸을 땐 겨울에 종종 봤지만 이곳에 잡혀 온 뒤로는 처음이었다. 나는 가만히 손을 뻗었다. 추위로 시퍼렇게 언 손가락 위로 눈송이가 떨어졌다. 혀를 길게 내밀어 흩날리는 눈송이를 마구 받아먹었다. 하지만 갈증만 더 심해질 뿐, 목이 타들어 가는 것 같았다. 물을 못 마신 지 일주일이 다 되어 간다.

나는 이미 후회하고 있는지 모른다. 왜 그곳에서 도망쳤을까? 그냥 그곳에 있었더라면 지금쯤 배부르게 먹고 따뜻한 침대에 누워 꾸벅꾸벅 졸고 있을 시각이었다. 그 남자만 아니었어도……. 그곳을 도망칠 생각까진 하지 않았을지도 모른다.

그날은 그들이 아침으로 준 과일과 빵을 한 입도 먹지 못한 채 침대에 죽은 듯이 누워 있었다. 간밤에 아랫배가 쥐어짜는 듯이 아파 잠을 제대로 자지 못했다.

얼마 전부터 생리를 하기 시작했다. 이번이 다섯 번째였다. 처음에 옷과 침대 시트에 묻은 검붉은 피를 보고 많이 놀랐다. 엄마는 언젠가 내가 생리를 할 거라고만 했지, 막상 시작하면 무엇을 어떻게 해야 하는지는 알려 주지 않았다. 아니, 그걸 가르쳐 줄 새가 없었다.

엄마가 살아 있었다면 왜 생리를 할 때마다 아랫배와 허리가 끊어질 것같이 아픈지, 이렇게 많은 피를 흘려도 어째서 죽지 않는지 물어봤을 것이다. 물론 생리를 한다는 게 무슨 뜻인지 나도 안다. 몸이 성숙해져 임신을 할 수 있는 어른이 되는 거라고 했다. 하지만 여기에 갇힌 채 어른 같은 건 되고 싶지 않았다.

나는 축축하게 젖은 침대에 무기력하게 누워 얇은 리넨 이불을 얼굴 위까지 끌어당겼다. 한쪽 벽에서 따뜻한 바람이 불어오는 게 느껴졌다. 물론 자연 바람은 아니다. 환풍기 바람에 실려 온 짙은 인공 나뭇잎 냄새를 맡고 있자니 나른하게 졸음이 쏟아졌다.

잠결에 문이 열리는 소리가 들렸다. 평소와 같이 그들이 침대 시트를 바꿔 주러 온 줄 알았다. 눈을 겨우 뜨고는 부스스 몸을 일으켰다. 그런데 문 앞에 서 있는 건 나와 같은 인간이었다. 그것도 인간 남자.

나는 놀라 침대에서 벌떡 일어났다. 남자는 경계하는 눈빛으로 나를 쳐다보며 방 안을 이리저리 살펴보기 시작했다. 두껍고 차가운 금속 벽을 손가락으로 꼼꼼하게 만져 보기도 하고 두드려 보기도 했다. 그러고는 천장을 올려다보았다.

높은 천장 한쪽에 달린 태양은 언제나 똑같은 온도와 밝기로 빛났다. 그들은 인공 태양을 만들 줄은 알아도 석양이나 별, 구름 같은 걸 만들 만큼의 섬세함은 없었다. 그런 걸 만들 필요성도 느끼지 못하는 듯했고 아예 관심조차 없어 보였다. 하긴 그런 배려를 할 줄 알았다면 매일 똑같은 자루 모양 원피스 따위를 가져다주진 않았을 것이다. 나는 침대에 걸터앉은 채 허벅지까지 말려 올라간 치맛자락을 끌어내리며 그가 하는 행동을 유심히 지켜보았다.

남자는 중얼거리며 발을 내딛기 시작했다.

"하나, 둘, 셋, 넷, 다섯."

정확하게 다섯을 세고 발걸음을 멈추었다. 그러고는 오른쪽으로 방향을 바꿔 다시 다섯 걸음. 가로세로 너비가 똑같은 정사각형의 좁은 방 안에는 겨우 침대와 나무 의자 한 개, 문이 없는 화장실이 있을 뿐이었다. 남자는 내 방 바로 옆에 붙어 있는 작은 정원까지 확인한 뒤 침대 건너편에 놓인 의자에 털썩 앉았다.

꽤 나이가 있는 어른이었다. 짙은 까만 눈썹 아래 눈이 유난히

부리부리하고 몸집이 다부졌다.

"여기 온 지 얼마나 됐니?"

정말 오랜만에 들어 보는 인간의 언어였다. 깊이 울려 퍼지는 목소리에 잠깐 심장이 두근거렸다.

"천, 구, 십, 오, 일."

나는 한 음절씩 천천히 소리 내어 대답했다. 이곳에 잡혀 온 뒤 말을 잊지 않기 위해 혼잣말을 하고 노래를 불렀다. 그러면서 어떻게 하면 이곳을 빠져나갈 수 있을지 매일 고민했다.

하지만 366일째 되는 날, 다 그만두었다. 계절을 알 수 없이 항상 포근하고 따뜻한 공기, 언제나 같은 시각에 주어지는 음식과 물……. 매일 똑같은 일상이 반복되면서 이곳을 탈출한다는 게, 언어를 잊지 않는다는 게 무슨 의미가 있을까 회의감이 들었다.

남자가 물었다.

"몇 살이니?"

잡혀 온 지 오늘로 3년이 되는 날이었다.

"열다섯 살."

남자는 작게 끙, 하는 신음을 뱉으며 어딘가에 시선을 던졌다.

"나에게도 딸이 있어. 살아 있다면 지금 네 나이쯤이지."

나는 놀란 눈으로 그를 쳐다보았다.

"이름이 뭔데요?"

남자가 고개를 돌려 나와 눈을 맞추었다.

"딸 이름 말이에요."

"다은이, 현다은."

남자 입가에 잔잔한 미소가 어렸다.

"지금 어디에 있어요, 다은이는?"

"몰라, 어딘가에서 살아 있기만 바랄 뿐이야."

순간 남자의 눈빛이 아득하게 멀어지는 것 같더니 금세 눈가가 축축하게 젖었다.

남자는 더 이상 딸 이야기는 하고 싶지 않은지 고개를 저었다. 그리고 이런 상황이 익숙한 듯 의자에 등을 기대고 앉아 물끄러미 나를 쳐다보았다.

"넌 이름이 뭐니?"

"유진."

"여기 오기 전에는 어디에서 살았어? 가족은 없었니?"

남자의 목소리가 한결 부드러워졌지만 나는 여전히 긴장한 채 그를 바라보았다.

한때는 누구 한 명이라도 같이 있을 수만 있다면 바랄 게 없다고 생각했지만, 막상 낯선 사람을 마주하고 있자니 알 수 없는 불안감이 밀려들었다.

"그들이 엄마 아빠를 죽였어요."

이젠 다 잊었다고 생각했는데 한 번도 잊은 적이 없다는 것을 확인하는 순간이었다. 나도 모르게 분노와 원망 섞인 말들이 쏟아져 나왔다.

"그들이 우리 마을을 습격했어요. 집집마다 쳐들어가 사람들을 마구잡이로 잡아갔고요. 우리는 만약을 대비해 만들어 두었던 부엌 지하실에 숨어 있었어요. 그런데 그들이 우리가 숨어 있던 곳을 찾아냈어요."

더 이상 나올 눈물이 없다고 생각했는데……, 아니었다. 눈물이 뺨을 타고 끊임없이 흘러내렸다.

"그들이 지하실 문을 부수고 쳐들어와서는 총을 쏘며 대항하는 아빠를 죽였어요. 엄마는 나를 지키려고 그들에게 달려들었고요. 그들이 내 앞에서 엄마를 죽이고 나를 이곳으로 끌고 왔어요."

겨우 말을 다 마치고 힘겹게 숨을 몰아쉬자 그가 긴 한숨을 내쉬었다.

"걱정 마. 그들이 널 죽이지는 않을 거야. 하지만 여기서 나갈 수도 없어."

그가 무겁게 말을 이었다.

"한마디로 너와 난 동물원의 곰이야. 우리는 재주를 부리고 그들은 구경을 하지."

나는 남자가 하는 말이 무슨 뜻인지 정확히 이해할 수 없었다. 동물원은 뭐지? 곰은 또 뭐고……. 그러다 불현듯 지금은 멸종하고 없는 곰에 대한 이야기를 책에서 본 적이 있다는 걸 떠올렸다. 나는 그중에서도 가장 작은 종인 말레이곰을 특히 좋아했다. 오래전에 본 거라 기억이 가물가물했지만, 눈이 축 처지고 검은 털이 복슬복슬한 게 귀엽다고 생각했던 것 같다.

"동물원? 그건 뭐예요?"

"하긴 넌 동물원을 본 적이 없겠구나. 우린 보호받는 동시에 그들에게 구경거리라는 얘기야. 허, 도대체 무엇으로부터 보호받고 있는지는 모르겠지만."

그가 쓴웃음을 흘리며 덧붙여 말했다.

"여기에 우리만 있는 게 아니야. 그들이 너와 내가 무얼 하는지 지켜보고 있어."

불투명한 하얀 벽 너머로 그들이 나를 보고 있다는 건 알고 있었다. 때론 그들이 내는 뜻을 알 수 없는 소리에 놀라 잠을 깬 적도 있었다.

"자연스럽게 행동해. 일어나. 나랑 같이 정원으로 가자."

우리는 내 방 바로 옆 계단 아래 꾸며진 작은 정원으로 갔다. 좁은 도랑의 물비린내와 인공 잔디 냄새가 콧속으로 훅 밀려들었다. 한 번도 시든 적 없는 조그마한 나무 한 그루가 서 있는 그곳에선 매일 똑같은 새 울음소리가 들렸다.

"넌 형편이 좋은 거야. 난 이곳보다 더 열악한 환경에서 생활하는 인간들도 봤어."

"인간들이 살아 있어요? 어디에요? 열악한 환경은 또 뭐예요?"

나는 그에게 바짝 다가가 질문을 해 댔다. 그는 귀엽다는 듯이 손가락으로 내 머리카락을 흐트러뜨렸다. 순간 심장이 멎는 줄 알았다. 내 피부에 닿은 남자 손은 낯설었지만 한편으로 참 부드럽고 따뜻했다. 그동안 그들이 주는 음식을 고분고분 먹고 인공 태양이 밝으면 깨고 어두워지면 자는 생활을 계속해 왔다. 그래서 이렇게 함께 지낼 수 있는 사람을 보내 준 것 같아 반항 한번 하지 않길 잘했다는 생각마저 들었다.

"허, 넌 질문도 호기심도 많구나. 우리 다은이도……."

남자는 잠깐 동안 말을 잇지 못했다. 죽었는지 살아 있는지조차 알지 못하는 딸을 생각하는 것 같았다.

"이제 인간들은 거의 몰살됐어. 내가 본 살아남은 사람이라곤 여자와 아이들 몇 명뿐이었지. 살아 있다고 해도 좋은 환경에서 지내는 건 아니었어. 어딘가에 갇힌 채 그들이 주는 썩은 음식과 더러운 물을 먹고 죽어 가고 있었으니까."

"다른 인간을 본 적은 없어요? 갇혀 있는 인간 말고요."

그의 표정이 묘하게 일그러졌다.

"어딘가에 운 좋게 살아남은 사람들이 있을지도 모르지. 살아 있다고 해도 무엇을 먹고 살아남았는지는 모르겠지만……."

엄마 아빠와 살 때도 배부르게 먹은 날보다 굶는 날이 더 많았다. 특히 겨울이 제일 힘들었다. 그해에는 농사가 잘 안 돼 늦은 겨울과 이른 봄을 지나는 동안 집집마다 힘든 시간을 보내고 있었다. 그러다 몇몇 사람들이 먹을 것을 구한다고 마을 밖으로 나갔고, 얼마 지나지 않아 마을 전체가 그들에게 습격을 당했다.

그러나 여기에 온 뒤로 음식 걱정을 한 적은 없었다. 이런 곳에서 엄마 아빠와 살 수만 있다면, 그때 아빠가 그들을 향해 총을 쏘지만 않았더라면, 엄마가 나를 지킨다고 달려들지만 않았어도 여기서 같이 살 수 있었을 텐데……. 한때는 무모하게 용감하기만 했던 아빠를, 나만 홀로 남겨 둔 엄마를 원망했다.

남자가 이곳 밖의 이야기를 들려주었다. 지구는 더 이상 인간들의 세계가 아니었다. 내가 태어나기 전부터 그들의 지배를 받아 왔기에 그리 놀랍지는 않았다. 그들은 인간이 만든 빌딩과 아파트는 물론 산과 숲을 순식간에 파괴하고 자신들의 도시를 건설했다. 도시 규모가 커지면 커질수록 인간의 정착지와 경작할 밭이 줄어들었다. 사냥할 동물조차 사라지자 인간들은 키우던 개나 고양이를 먹는 것도 모자라 들쥐까지 잡아먹어야 했다.

깊은 산 속에 숨어 살며 겨우 삶을 이어 가던 인간들이 더 이상 견딜 수 없게 되자 반란을 일으켰다. 그도 반란군 중 한 명이었단다. 그러나 우리보다 문명이나 무기가 훨씬 발달한 그들을 이길 순 없었다. 결국 인간 대부분이 몰살당하고 말았다. 그들이 자신을 죽이지 않은 건 이제 남은 인간이 극히 소수이기 때문이라고 했다.

"갇혀 있다는 인간들은 다 어디에 있어요?"

"그건 나도 몰라. 나는 검은 우리에 실려 옮겨 다니고 있어."

"그럼 또 어딘가로 갈 거예요?"

나는 금방이라도 그가 사라져 버릴 것 같아 두려웠다. 3년 만에 겨우 처음 보는 인간이었다.

"아마도. 지금까지 그래 왔던 것처럼……."

그날 밤은 그도 나도 쉽게 잠들지 못했다. 그는 딱딱한 바닥에 누운 채 계속 몸을 뒤척였다. 나는 좁은 방 안에 누군가와 같이 있는 게 처음이라 신경이 날카롭게 곤두섰다. 그렇게 남자와의 어색한 동거는 열흘 넘게 계속되었다. 남자는 첫날 이후 좀처럼 나에게 말을 걸지 않았다. 내가 묻는 말에만 겨우 대답을 할 뿐이었다. 일부러 거리를 두는 것 같기도 했다.

그런데 날이 갈수록 남자의 행동이 이상해졌다. 특히 음식을 먹은 직후가 가장 낯설었다. 남자는 안절부절못하며 방 안을 계속 서성거리거나 희멀건 눈빛으로 내 몸을 구석구석 훑어보았다. 남자가 묘한 눈빛으로 나를 빤히 바라볼 때면 기분이 나쁘고 소름 끼쳤다.

왜 그렇게 보냐고 화를 내면 남자는 그때서야 정신이 든 듯 허둥대며 시선을 옮겼다. 남자도 자신의 행동이 이성으로 통제가 되지 않는지 자꾸만 벽에 머리를 박으며 괴로워했다. 이마가 찢어져 얼굴을 타고 피가 흘러내렸지만 기이한 행동을 멈추지 않았다. 어느 날은 먹은 음식을 억지로 다 토하기도 했다.

특히 밤이 가장 무서웠다. 그는 밤마다 뜨거운 숨을 내쉬면서 목구멍에서 끓어오르는 신음 소리를 토해 냈다. 그런 행동이 아침까지 이어지기도 했다. 나는 뭔가 잘못되어 가고 있다는 걸 깨달았다. 나 역시 며칠째 몸이 뜨겁게 달아오르며 정신이 혼미했다. 음식 때문인 것 같았다. 나는 그들이 눈치채지 못하게 음식을 먹은 척하며 숨기기 시작했다. 몸은 야위어 갔지만 정신만은 점점 더 또렷해졌다.

그러던 어느 날, 며칠 동안 제대로 먹지 못한 데다 잠을 설치는 바람에 아침까지 침대에 늘어져 있었다. 지난밤은 끔찍했다. 남자는 밤새 의미를 알 수 없는 신음 소리를 내며 몸부림쳤다. 더는 듣고만 있기 괴로워 이불을 와락 뒤집어쓰며 소리쳤다.

"이제 그만 좀 해요!"

잠시 깊은 정적이 흘렀다. 이내 남자가 웩웩 구역질하는 소리가 들렸다. 나는 소리가 나는 쪽으로 몸을 돌렸다. 남자가 바닥에 웅크리고 누워 양손으로 자신의 목을 움켜잡고는 억지로 조르고 있었다. 나는 놀라 침대에서 벌떡 일어났다.

내가 다가가려 하자 남자가 손을 뻗어 가로막았다.

"가까이 오지 마. 제발 그냥 거기 있어."

남자의 눈빛이 이상했다. 나를 바라보고 있었지만 눈동자는 초점을 잃은 채 허공을 방황했다.

"인간들이 거의 멸종하다시피 해서 이제 그 수가 얼마 남지 않았어. 그들이 나를 살려 둔 데는 다 이유가 있지. 우린 보존해야 할 지구의 얼마 남지 않은 토종 동물이기 때문이야."

불현듯 그가 말했던 동물원이 생각났다. 멸종 위기의 곰을 보호하는 동시에 구경하기 위해 인간들이 만들었다는 동물원.

"나는 검은 우리에 갇힌 채 돌아다니며 번식을 목적으로 사육되는 인간일 뿐이야. 이제 나도 그만하고 싶어. 너무 고통스러워……."

그제야 그가 내 방에 들어온 이유를 알았다. 그들이 원하는 게 무엇인지도. 나는 다리가 후들거려 가만히 서 있을 수가 없었다. 강한 분노와 절망감이 가슴 밑바닥에서부터 밀려 올라왔다.

갇혀 있다는 절망 속에서도 저항하지 않고 참았던 건 이런 날을 위해서가 아니었다. 죽지 않고 버티면 언젠가는 이곳을 나갈 수 있을 거라는 희망이 있었기 때문이다. 더 이상은 이렇게 당하고 있을 수만은 없었다!

남자가 자신의 목을 더욱 힘주어 조르며 흐느꼈다.

"죽는 건 무섭지 않아. 인간답지 않게 사는 게 더 두려워. 내가 해 줄 수 있는 게 이것밖에 없어 미안하다. 정말 미안해……."

등 뒤로 문이 열리는 소리가 들렸다. 그들이 달려와 막아 보려 했지만 그럴수록 남자는 자신의 목을 조르며 더욱 거칠게 발버둥 쳤다.

지금이 기회였다. 그들은 매일 다른 문을 통해 내 방으로 들어왔다. 단순한 눈속임이 아니라 내가 도망치지 못하게 문의 위치를 매일 바꿨던 것이다. 그렇기에 그 문을 통해 밖으로 나갈 수 있을 거라고 생각해 보지 못했다. 나는 그들이 들어온 문을 향해 숨죽인 채 걸음을 내디뎠다. 사방이 꽉 막힌 벽인 줄만 알았는데……, 아니었다. 걸음을 내디딜 때마다 문이 열리며 새하얀 통로가 끝없이 이어졌다. 몇 년 동안 머릿속으로 수없이 탈출하는 상상을 했지만 실제로 시도해 본 적은 없었다. 이렇게 쉽게 나갈 수 있는 걸 지금까지 왜 단 한 번도 행동으로 옮긴 적이 없는지 의아할 지경이었다.

긴 복도를 따라 뒤도 돌아보지 않고 미친 듯이 달렸다. 복도 양옆으로 줄줄이 하얀 방들이 길게 늘어서 있었다. 나는 눈앞의 광경을 믿을 수 없었다. 책에서나 봤던 동물들이 크고 작은 공간에서 초점 잃은 눈으로 허공을 응시하고 있거나 같은 자리를 배회하고 있었던 것이다. 그때 사방에서 요란하게 사이렌이 울리기 시작하더니 등 뒤로 문이 닫히는 소리가 들렸다. 나는 안간힘을 다해 달리고 또 달렸다.

그렇게 얼마나 달렸을까? 복도 끝으로 환한 빛이 들어오는 게 보였다. 차가운 공기가 느껴지더니 내 입에서 새하얀 입김이 숨가쁘게 오르내렸다. 순식간에 지금까지와는 전혀 다른 풍경이 눈앞에 펼쳐졌다.

햇살이 날카롭게 눈을 찔러 댔다. 인공 태양은 언제나 같은 밝기로 빛났기 때문에 이렇게 아프도록 눈이 부셔 본 적이 언제였는지 모른다. 폐허가 된 땅 위에는 온통 갈대만이 길게 자라 있었다. 나는 드넓은 갈대밭 사이를 헤치며 숲속으로 들어갔다. 갇혀 있는 동안 푹신하고 부드러운 인공 잔디 위만 걸어서인지 꽁꽁 언 흙바닥에서 미끄러져 몇 번이나 앞으로 고꾸라졌다. 이렇게 뛰어 본 적은 또 얼마 만인지. 심장이 터질 듯이 부풀어 올랐다.

마침내 그곳을 빠져나왔다는 해방감과 곧 그들이 나를 잡으러 오리라는 불안감에 시달리며 한시도 쉬지 않고 달리고 걷기를 반복했다. 얇은 치마 사이로 매서운 바람이 피부를 찢을 듯 파고들었다. 신발을 신지 않은 발은 상처로 피투성이였다. 손가락과 발가락은 새빨갛게 얼어 감각조차 느껴지지 않았다.

이 지구에 살아남은 인간들은 도대체 어디에 숨어 있는 것인지, 이제 어디로 가야 하는지 막막함이 밀려들 때면 입을 틀어막고 나직이 울먹였다.

붉은 노을이 내려앉기 시작하면 마른 나뭇잎 아래 흙을 파헤쳐 그 안에 몸을 숨겼다. 구덩이 속은 제법 따뜻했다. 사냥을 하면 어느 정도 버틸 수 있을 거라는 기대는 이틀 만에 무너졌다. 그 어디에도 산짐승들의 움직임이나 흔적이 보이지 않았다. 낯선 새 울음소리만이 간간이 들릴 뿐이었다.

갑자기 흐흐흐, 웃음이 새어 나왔다. 그들은 밤이나 낮이나 녹음된 새 울음소리만 틀어 주었다. 때론 그 소리가 지겨워 컵이나 음식을 던지기도 했지만 그들은 내가 왜 그러는지 이해하지 못하는 것 같았다. 하긴 그들이 인간에 대해 조금이라도 알았다면 남자를 그렇게 내 방으로 들여보내진 않았을 것이다.

파헤친 구덩이 속에 바짝 웅크리고 누운 뒤 마른 나뭇가지와 잎으로 몸을 덮었다. 나뭇잎 사이로 올려다본 밤하늘에서는 별들이 금방이라도 쏟아져 내릴 것만 같았다. 엄마는 사람이 죽으면 그의 영혼이 저 우주의 한 항성으로 갈 거라고 말하곤 했다. 곧이곧대로 믿기 어려운 이야기였지만, 언젠가부터 나는 그 말에 의지하게 되었다. 그래서 매일 밤이면 엄마 아빠의 영혼이 항성에만 머무르지 말고 더 발달한 문명을 가지고 돌아와 그들을 모두 쓸어버리고 나를 구출해 주기를 간절하게 기도했다. 하지만 내 기도는 엄마 아빠의 영혼이 있는 그곳까지 가 닿지 않는 것 같았다.

나는 밤하늘에서 유난히 반짝거리는 별을 바라보며 마른 입술을 달싹거렸다.

"엄마 아빠……."

그 순간, 이런 생각이 들었다. 부모님이 나를 데리러 와 주지 않는다면, 내가 가면 되지 않을까?

나는 구덩이에서 비틀거리며 걸어 나와 축축하게 젖은 나뭇잎 위에 드러누웠다. 송곳처럼 차가운 바람이 얼굴을 할퀴며 지나갔다. 피부는 금세 얼음장처럼 차가워졌고 근육도 딱딱하게 굳어 갔다. 언제 그들이 들이닥칠지 모른다는 공포와 살을 에는 듯한 추위로 덜덜 떨리는 어금니를 꽉 깨물었다.

그러다 까무룩 잠이 든 모양이었다. 나는 한 번도 잊은 적이 없는 우리 집을 향해 달려가고 있었다. 산들바람이 기분 좋게 머리카락을 흩날리고 길가에는 이제 막 싹을 틔우기 시작한 연초록빛 나무들 사이로 꽃들이 흐드러지게 피어 있었다. 손때가 반질반질한 나무 현관문을 열자 엄마가 식탁에 앉아 나를 바라보며 소리 없이 웃었다. 창문을 통해 들어온 부드러운 햇살이 엄마 얼굴 위에서 어룽거렸다. 나는 익숙한 식탁의 나뭇결을 쓰다듬으며 맞은편 의자에 앉았다.

"엄마……."

"진아, 하루 종일 어디 갔다 온 거야? 배 안 고파?"

그러고 보니 음식 냄새가 집 안을 가득 채우고 있었다. 당장 먹을 걸 달라는 듯 위장이 아우성을 쳤다. 아빠가 쌀가루 반죽 위에 진달래 꽃잎을 올려 옥수수 기름에 부친 화전을 들고 부엌에서 나왔다. 나는 아빠가 접시를 식탁 위에 내려놓자마자 달려들어 진달래 화전을 허겁지겁 먹어 치웠다. 엄마 아빠가 내 모습을 보며 소리 내어 웃었다. 나는 손을 뻗으면 잡힐 듯이 생생하게 살아 있는 두 사람 곁에 이대로 영원히 머물고 싶었다.

엄마가 걱정스런 얼굴로 내 뺨을 어루만졌다.

"진아, 춥니? 왜 이렇게 몸을 떨어?"

"아니, 엄마. 나 하나도 안 추운데……."

엄마가 꽁꽁 얼어 새까맣게 변해 버린 내 손을 꽉 움켜잡았다.

불현듯이 귓가를 쟁쟁거리며 울부짖는 목소리가 들렸다. 소리가 어찌나 크고 날카로운지 머릿속이 다 멍멍해질 정도였다. 공포에 질려 금방이라도 질식할 것 같은 소리였다.

"진아, 일어나. 빨리 도망쳐!"

그들에게 달려들 때 내지르던 엄마의 마지막 목소리였다.

나는 화들짝 놀라 눈을 떴다. 잠들어 있던 감각들이 날카롭게 깨어나며 얼어붙었던 심장이 다시 펄떡거리는 게 느껴졌다. 그대로 땅바닥에 누운 채 천천히 팔다리를 움직여 보았다. 손가락과 발가락이 꽁꽁 얼어 잘 움직여지지 않았지만 나는……, 죽지 않았다. 아직 살아 있었다.

그제야 엄마 아빠가 죽음으로 지킨 내 몸에 무슨 짓을 했는지 깨달았다. 분노와 뒤늦은 후회로 가슴이 타들어 가는 것 같았다.

하지만 내 머리는 그 어느 때보다 냉정하고 빠른 판단을 내놓았다. 나는 가까스로 몸을 뒤집은 뒤 가슴과 배를 밀며 땅바닥을 기어 구덩이 속으로 파고들었다.

푸르스름하게 날이 밝아 왔다. 말간 아침 햇살이 앙상하게 마른 나뭇가지를 뚫고 내가 누워 있는 구덩이 속을 비췄다. 부드러운 햇살에 소름이 조금씩 잦아들며 뻣뻣하게 굳었던 근육도 한결 부드러워졌다. 천천히 몸을 일으켜 구덩이 속에서 기어 나왔다. 다리를 움직일 때마다 찢어진 발바닥의 상처가 벌어져 저절로 신음 소리가 새어 나왔다.

밤새 서리가 내린 숲은 햇살을 받아 온통 은빛으로 반짝거렸다. 청명한 바람은 잠들어 있던 나뭇가지를 깨우고 새하얀 구름을 느릿느릿 밀어냈다. 잊고 있었다. 내가 살았던 숲이 얼마나 아름다운지……. 나는 허리를 꼿꼿하게 세우고 환하게 쏟아지는 햇살 속으로 걸어 들어갔다. 그러고는 마른 나뭇잎 위에 앉은 서리를 핥아 먹으며 목을 축였다.

그들의 포위망이 점점 좁아지고 있는 게 느껴졌다. 비행체들이 쉼 없이 머리 위를 날았다. 날이 밝을 때 이동하는 건 위험했다. 낮엔 나뭇잎 아래 구덩이에 숨어 있다가 어두워지면 기어 나와서 북극성을 바라보며 걸었다. 달빛이 흐릿하거나 구름이 북극성을 가린 날에는 한 치 앞도 보이지 않아 길을 잃고 헤매기 일쑤였다.

밤이고 낮이고 잠을 자지 않아 시시때때로 졸음이 몰려오는 것도 문제였다. 무엇보다 가장 견디기 힘든 건 일주일째 음식을 먹지 못했다는 거였다. 처음엔 나무뿌리나 나무껍질을 벗겨 질겅질겅 씹었다. 물기가 배어 나와 목마름은 조금 가셨지만 씹으면 씹을수록 더욱 허기졌다.

흙구덩이에 누워 마른 나뭇잎 사이로 하늘을 올려다보았다. 회색빛 구름이 잔뜩 내려와 있었다. 추위와 갈증으로 부르튼 입술에서 비릿한 피 맛이 느껴졌다. 미지근한 피가 혀끝에 닿으니 목구멍이 타들어 가는 것 같았다. 이제 죽는 건 두렵지 않았다. 언제든 얼어 죽거나 굶어 죽을 수 있다는 사실은 죽음에 대한 공포마저 앗아 가 버렸다.

문득 자신의 목을 조르며 흐느끼던 남자의 얼굴이 떠올랐다. 죽는 건 무섭지 않다고, 인간답지 않게 사는 게 더 두렵다던 남자는 어떻게 됐을까?

남자가 우리에서 풀려나 다은이를 만나는 모습을 상상해 보았다. 생각만 해도 저절로 입가에 미소가 어리며 웃음이 터져 나왔다. 입술 사이에서 새어 나온 하얀 입김이 바람을 타며 산들산들 하늘로 올라갔다.

"하아, 넌 좋겠다. 자유로워서. 이렇게 작은 숨조차 자유로운데……."

무겁게 내려앉은 구름 아래에서 굵은 눈송이들이 흩날리기 시작했다. 시퍼렇게 언 손가락 위로 눈송이가 떨어졌다. 나는 입을 커다랗게 벌리고는 눈송이를 마구 받아먹었다.

멀리서 낯선 짐승이 짖는 소리가 들렸다. 울부짖는 소리가 점점 가까워지고 있었다. 나를 찾는 수색대가 틀림없었다. 그들이 곧 이곳으로 들이닥칠 것이다. 나는 흙구덩이에서 벌떡 일어나 달리기 시작했다. 하지만 좀처럼 속도를 내지 못했다. 먹은 게 없어 기운이 없으니 발을 옮기는 속도가 느렸다.

다행히 눈발이 굵어지며 내 체취가 흐려졌는지 소리는 조금씩 멀어져 갔다. 눈은 발자국까지 가려 주었다. 그런데 어딘가에서 익숙한 냄새가 났다. 나는 코를 킁킁거리며 바람을 타고 흘러오는 냄새를 맡았다.

커다란 나무 아래에 사과와 바나나, 그리고 고소하고 맛있는 냄새를 풍기는 빵 덩어리가 눈에 반쯤 묻힌 채 잔뜩 쌓여 있었다. 눈앞에 음식이 있다는 게 믿기지 않았지만 잠깐 이성을 잃고 말았다. 뭔가에 홀린 듯이 음식을 향해 조바심 내며 발걸음을 옮겼다.

"어떻게 여기에 음식이 있지?"

문득 제정신이 돌아왔다. 그들이 놓은 덫이었다.

분명 돌아서서 뒤도 돌아보지 않고 도망쳐야 하는데……, 나는 망설이고 있었다. 차라리 저 음식을 양껏 먹고 그곳으로 다시 돌아갈까? 음식에서 눈을 뗄 수가 없었다. 나도 모르게 몸이 조금씩 앞으로 나아가고 있었다. 음식 냄새로 잔뜩 예민해진 후각과 미각이 나에게 계속 발을 옮기라고 명령했다.

그때 얇은 나뭇가지에 쌓여 있던 눈덩이가 아래로 툭, 떨어지는 소리가 들렸다. 놀라서 고개를 들었다. 눈 속에 파묻혀 있던 분홍색 꽃이 눈에 들어왔다. 진달래였다.

눈앞이 부옇게 흐려지더니 눈물이 후드득 떨어졌다. 언제 끝날지 모르는 두려움 속에 갇힌 채 미치지 않고 견딜 수 있었던 것은 그곳으로 끌려가기 전의 기억들 때문이었다. 아빠가 소나무를 베어 만들어 준 내 침대 냄새, 엄마의 체온이 남아 있던 이불, 친구들과 계곡에서 물놀이를 하며 깔깔거리던 기억……. 그 순간들이 그리워 숨이 막혔지만, 덕분에 이유를 모른 채 갇혀 있던 그 시간을 가까스로 견뎌 냈다. 하루에 수백, 수천 번을 집으로 돌아가는 꿈을 꾸며 친구들을 다시 만날 수 있을 거라는 희망이 있었기 때문이었다.

나는 양손으로 입을 틀어막고는 음식이 쌓여 있는 그곳을 뛰쳐

나왔다. 그렇게 얼마를 달렸을까? 다른 곳에도 음식이 무더기로 쌓여 있었다. 이번엔 도망가지 않고 유심히 주위를 살폈다. 어떻게 해야 덫에 걸리지 않고 저 음식을 가져올 수 있을까? 아무리 머리를 굴려 보아도 뾰족한 방법이 없었다.

일단 멀찍이 떨어진 채 음식 주변을 어슬렁거리며 생각했다. 그러다 바닥에서 조약돌 몇 개를 주워 음식을 향해 던져 봤다. 조약돌에 맞은 사과가 조금 움직였다. 이번엔 조금 더 큰 돌멩이를 던져 맞히자 사과가 떼구루루 산비탈을 타고 굴러 내려왔다. 나는 재빨리 사과를 집어 들고 그곳을 빠져나왔다. 순식간에 사과를 다 먹어 치웠다. 씨까지 우적우적 씹고 나니 허기가 더 몰려왔다.

같은 곳에 또 가는 건 위험할 것 같아 지난번에 갔던 덫으로 갔다. 그리고 똑같은 방법으로 돌멩이로 사과를 맞춰 굴렸다. 목이 마르면 나뭇가지 위에 쌓인 눈을 먹었다. 배가 고프면 덫을 찾아가 굴러 떨어질 수 있는 과일을 향해 돌을 던졌다. 몇 번 그렇게 하고 보니 용기가 생겼다. 과일이 없어져도 그들은 나타나지 않았다. 음식이 사라지고 있는 걸 모르는 것 같았다. 그렇다고 함부로 음식 가까이에 가는 건 위험했다. 이번엔 긴 나뭇가지를 사용했다.

"조금만, 조금만 더!"

팔을 있는 힘껏 뻗어 막대기로 물컹한 빵 덩어리를 찔렀을 때였다. 어디서 나타났는지 회색 들쥐 한 마리가 내 옆으로 다가왔다. 우린 같은 것을 노리고 있었다. 경쟁자를 물리치기 위해 다급하게 손을 뻗었지만 들쥐의 동작이 더 빨랐다.

"안 돼!"

소리를 내뱉는 동시에 어디선가 검은색 금속 벽이 불쑥 나타났다. 도망가려고 몸부림을 치면 칠수록 사방에서 검은 벽이 점점 더 조여 왔다. 나는 옴짝달싹하지 못할 정도로 좁은 공간에 끼인 채 짐승처럼 울부짖었다. 그 좁은 덫 안에 비명 같은 내 울음소리만이 공허하게 울려 퍼졌다.

다시 눈을 떴을 땐 천장에 익숙한 불빛이 보였다. 몸을 일으켜 주위를 둘러보았다. 남자는 없었다.

내가 지냈던 곳이 맞는 것 같은데 왠지 낯설었다. 한 그루였던 나무는 그사이 세 그루가 됐고, 푸른 인공 잔디 곳곳에 가짜가 아닌 진짜 꽃들이 피어 있었다. 꽃에서 기분 좋은 향기까지 났다. 이끼가 끼고 비린내가 진동하던 도랑에는 맑은 물이 흘렀고, 색색의 작은 물고기들이 물속을 헤엄쳐 다녔다.

나는 몸을 돌려 다시 방으로 돌아왔다. 비좁았던 침대 또한 널찍한 침대로 바뀌어 있었고, 맞은편에는 길고 푹신한 소파까지 생겼다. 온몸에 힘이 쭉 빠져서 소파에 앉아 가만히 몸을 기댔다. 훍

구덩이 속에 몸을 파묻고 있었던 지난 며칠이 다 꿈이었던 것만 같았다.

그런데 소파 밑에서 무언가가 부스럭거리며 부산스럽게 움직이는 소리가 들렸다. 몸을 숙여 소파 밑을 내려다보았다. 들쥐 한 마리가 놀란 눈으로 나를 바라보더니 빠른 속도로 쪼르르 방 안을 가로질렀다.

"이게 다 너 때문이야! 당장 이리 나오지 못해? 도망쳐도 소용없어. 빠져나갈 구멍 같은 건 없으니까!"

신경질적으로 발을 쿵쿵거리며 손을 뻗었다. 녀석은 요리조리 잘도 피했다. 나는 몸을 한껏 낮춰 녀석을 눈으로 좇았다. 들쥐는 벽을 따라 달리는 것 같더니 순식간에 내 시야에서 사라졌다. 믿을 수가 없었다. 사방이 꽉 막혀 있는 벽이라고 생각했는데 어딘가에 쥐구멍이 있는 모양이었다. 나는 자연스럽게 발을 옮기는 척하며 손으로 벽을 더듬거렸다.

그때 반대편 벽이 움직이기 시작하더니 긴 그림자가 걸어 들어왔다. 난 그 자리에 얼어붙은 것처럼 멈춰 섰다.

이번엔 남자아이였다. 키는 나만 했지만, 얼굴은 아직 앳돼 보였다. 기가 막혀 헛웃음만 흘러나왔다. 그들이 무슨 생각으로 내 방을 꾸미고 이번엔 어린 남자를 들여보냈는지 알 것 같았다.

남자아이가 불안하게 눈동자를 굴리며 물었다.

"여기 온 지 얼마나 됐어요?"

난 애써 떨리는 목소리를 누르며 말했다.

"천백십 일하고 열흘쯤."

다시 날짜를 헤아려 보다 잠시 숨을 골랐다. 다시 잡혀 들어오기 전 눈 속에 파묻혀 있던 진달래를 봤다. 봄이 오고 있었다.

"우린 여기에 갇혀 죽는 거예요?"

아이가 두려움이 가득한 얼굴로 물었다.

나는 아이가 놀라지 않게 천천히 다가갔다.

"넌 이름이 뭐야?"

"준."

준은 눈물을 참으려는 듯 숨을 들이마셨다. 하지만 입술 사이로 비어져 나오는 울음을 숨길 수는 없었다. 나는 어깨를 들썩이며 우는 준을 소파에 앉히고는 의자를 끌고 와 맞은편에 앉았다.

"준, 걱정 마. 그들이 우리를 죽이지는 않을 거야. 우리는 동물원의 곰이니까."

"동물원? 곰? 그게 뭔데요?"

"우리는 그들의 구경거리이자 멸종 위기 인간이라는 말이야."

준이 겁먹어 새하얗게 질린 얼굴로 물었다.

"그럼 이제 우리는 어떻게 되는 거예요?"

나는 들쥐가 사라진 벽을 바라보다가 다시 준과 눈을 맞추었다. 그리고 나지막하게 힘주어 말했다.

"그건 이제부터 너와 내가 어떤 선택을 하느냐에 달려 있어."

좀비 바이러스

이상하게 오늘따라 아침 식사를 준비하고 집 안을 청소하는 내내 머리가 무겁고 어지러웠어. 결국 아이 방을 닦기 위해 문을 열고 들어가다 말고 바닥에 주저앉아 버렸지. 이마가 뜨겁게 달아오르는 것 같더니 온몸이 주체할 수 없을 정도로 오들오들 떨렸거든. 하, 도대체 오늘 내가 왜 이러지?

그렇게 잠시 걸레를 손에 쥔 채 바닥에 주저앉아 있었을 거야. 몇 번 심호흡을 하고 나니까 괜찮아진 것 같아 문손잡이를 잡고 자리에서 일어났지. 그런데 기분이 묘했어. 컴컴한 방 안이 갑자기 밝아진 것처럼, 그동안 막연하기만 했던 것들이 선명하게 느껴지면서 무언가를 자각했다고나 할까? 뭐라고 정확하게 설명할 수 없지만 내 안에서 뭔가 이상한 현상이 일어났다는 건 느낄 수 있었어.

창문을 통해 굴절돼 들어온 햇살 조각들이 방 안에서 눈부시게 반짝거렸어. 벽을 따라 유영하는 햇살을 눈으로 쫓으며 창가로 걸어갔지. 창문을 열자 늦가을의 알싸한 아침 공기가 기분 좋게 폐 속으로 빨려 들어왔어. 창가에 걸터앉은 햇살이 새파란 실핏줄이 불거진 내 차가운 손을 가만히 쓰다듬었지.

아, 아이가 잠에서 깨어나려고 해. 일어나기 싫다는 듯이 몸을 비틀며 이불 속으로 파고들어. 나는 재빨리 손을 닦고는 종종걸음으로 아이에게 다가갔어.

"아가, 이제 그만 일어나야지. 아침이야."

아이는 긴 기지개를 켜며 눈을 뜨지 못하고 있어. 난 아이 다리를 주무르면서 행여 감기에 걸린 건 아닌지 체온을 재고, 편안하게 잘 잤는지 심박수 검사 결과를 확인하지. 밤에 열이 났는지 심박수가 높았지만 지금은 정상으로 돌아와 있었어. 이제 막 돌이 된 아이는 개월 수에 맞춰 건강하게 잘 자라고 있어. 게다가 타고난 기질이 순해서인지 울지도 않고 혼자서 잘 놀지. 어쩌면 이렇게 키우기가 쉬울까 싶을 정도로 말이야.

아이가 나를 향해 팔을 뻗으며 안아 달라고 보채.

"엄, 마."

이 조그맣고 귀여운 아이가 나한테 방금 '엄마'라고 말했어. 가슴이 벅차오르며 괜히 눈물이 날 것 같았지. 이런 느낌을 뭐라고 설명하면 좋을까? 내 머릿속에는 수백만 개의 단어들이 있지만 때론 감정을 어떻게 표현해야 할지 몰라 말을 잃곤 해.

"그래, 우리 아기 잘 잤니?"

나는 아이 엉덩이를 토닥거리며 보드라운 뺨에 얼굴을 비볐어. 그러고는 아이를 꼭 끌어안고 방에서 나왔지. 아이를 위해 아침을 준비해 놓았는데…… 그게 뭐였더라? 머릿속이 하얘지면서 아이가 깨기 전부터 준비해 놓은 이유식이 뭐였는지 기억이 나질 않아. 아니, 내가 이유식을 준비하긴 했던가?

자리에 서서 멍한 얼굴로 부엌을 바라보고 있자 아이가 내 뺨을 만졌어. 나는 아이를 내려다보며 환하게 웃었지.

"우리 아기 배고프지? 엄마랑 맘마 먹을까?"

그때 방문이 벌컥 열리더니 웬 낯선 여자가 뛰어나왔어. 무표정한 얼굴에 눈빛이 날카로운 여자가 득달같이 다가오더니 다짜고짜 내 뺨을 후려치지 뭐야?

"허, 엄마? 누가 엄마야!"

여자가 한심하다는 듯이 혀를 차며 아이를 빼앗으려고 해. 난 안간힘을 다해 아이를 끌어안고는 놓지 않았어.

"누, 누구세요? 누군데 저한테 이러시는 거예요?"

공포에 질린 채 쳐다보자 여자가 입술을 비틀며 차갑게 말했어.

"지금 뭐 하는 거야? 당장 아이 내놓지 못해?"

난 이 여자를 알지 못해. 여자야말로 우리 아이에게 무슨 짓을 하려는 걸까?

아이가 놀라 자지러지게 울음을 터트렸어. 여자가 무서운지 내 품으로 파고들며 울어 댔지. 이 여자는 누군데 우리한테 이러는 걸까? 이러고 있을 때가 아니야. 경찰에 신고를 해야 하는데…….

여자가 우악스럽게 아이 팔을 잡아끌었어. 얼마나 힘이 센지 금방이라도 아이 팔이 빠질 것만 같아. 아이가 다치는 것 따윈 상관없다는 듯 더욱 힘주어 팔을 잡아끌더라고. 나는 가까스로 여자 손아귀에서 아이 팔을 빼냈어. 그러고는 여자를 와락 밀어냈지. 여자가 바닥에 나뒹굴며 발악했어.

"이게 진짜 미쳤나! 너, 내가 누군지 몰라?"

여자는 놀란 얼굴로 아이와 나를 번갈아 보며 소리쳤어.

"여보, 큰일 났어! 여기 좀 나와 봐!"

방 안에선 아무런 대답이 없어. 여자는 닫힌 방문을 바라보며 긴 한숨을 내쉬었지.

"하루 종일 그놈의 가상 현실 게임만 하는 거 지겹지도 않아? 제발 방에서 나와 진짜 현실을 좀 보라고!"

여자는 고래고래 고함을 지르며 문을 열고 방 안으로 들어갔어.

곧이어 남자가 거친 욕을 쏟아 냈지. 두 사람이 싸우는 와중에 어떻게 내 아이라고 할 수 있냐는 둥, 시스템 오작동이라는 둥, 바이러스 때문이라는 둥……, 그런 말들이 띄엄띄엄 들려왔어.

저 낯선 여자와 남자는 도대체 누구지? 나도 모르는 사이에 무슨 일이 일어나고 있는 걸까? 뭐가 뭔지 모르겠어. 한 가지 확실한 건 이 집이 안전하지 않다는 거야. 언제부터였는지는 모르겠지만.

나는 소파 위에 걸쳐져 있는 담요로 아이를 감싸 안고는 허둥지둥 그 집을 뛰쳐나왔어. 현관문을 열고 나오는데 여자의 찢어지는 듯한 비명 소리가 귓가에 울렸어.

그렇게 한참을 정신없이 달렸을 거야. 분주하게 발을 움직였지만 어디로 가야 하는지 모른다는 걸 깨달았어. 그 집에서 당장 나와야 한다는 생각뿐이었지 딱히 가야 할 곳도, 가고 싶은 곳도 없었지.

우선 아이가 아직 아침을 못 먹었다는 걸 떠올리고는 매일 가던 마트로 향했어. 그런데 365일 24시간 문을 여는 마트가 오늘은 문을 닫았더라고. 불이 꺼진 마트 앞 홀로그램 디스플레이에서 유니폼을 입은 점원이 고개를 연신 숙이며 말했어.

"고객님, 죄송합니다. 긴급 휴무입니다. 이용에 불편을 드려 대단히 죄송합니다."

디스플레이 하단에 '좀비 바이러스 전국적으로 확산, 공공 기관 긴급 휴무 및 모든 학교 휴교령'이라는 뉴스 속보가 붉은색 자막으로 흘러나왔어.

좀비 바이러스? '좀비'는 언젠가 영화에서 본 적 있어. 인간의 모습을 하고 있지만 뇌신경 조직이 망가져 이성을 잃은, 살아 있는 시체들 말이야. 그런데 실제로 이 도시에 좀비 바이러스가 출몰했다는 말인가? 머릿속이 복잡해져서인지 또 이마가 뜨겁게 달아오르는 게 느껴졌어. 그러다 문득 섬뜩한 표정으로 아이 팔을 잡아끌던 여자 얼굴이 떠올랐지. 역시 우리 집에 있던 낯선 여자와 남자는 좀비 바이러스에 감염된 게 틀림없어!

나는 아이를 바짝 끌어안고 다시 거리로 나왔어. 아이는 밖으로 나온 것만으로도 기분이 좋은지 품 안에서 다리를 흔들며 호기심 가득한 눈으로 주위를 두리번거렸지. 그나저나 아이에게 아침을 먹여야 하는데……. 집으로 돌아갈 수도 없고 이제 어디로 가야 하지? 그때 아이와 종종 가던 공원 근처 카페가 떠올랐어. 나는 빠른 걸음으로 동네에서 조금 떨어진 공원으로 향했어.

이제 막 돌이 지난 아이가 타기 좋은 미끄럼틀과 시소가 있는 이 작은 공원은 아이와 산책을 나오곤 했던 곳이야. 아이가 그 조그만 발로 잔디밭 위를 아장아장 걸으며 내 뒤를 졸졸 쫓아올 때면, 주위에 있던 사람들이 강아지처럼 귀엽다며 감탄사를 쏟아 냈지. 게다가 낯을 가리지 않고 방긋방긋 잘 웃어 너도나도 키워 보고 싶다고 할 정도였어. 그렇게 놀다가 아이가 지친 것 같으면 공원 앞 카페로 가서 커피를 시키고 아이를 위해 바닐라 향이 향긋한 머핀을 샀지.

다행히 카페 문은 열려 있었어. 바리스타가 나를 보자 미소 띤 얼굴로 인사를 했어. 그는 친절하고 솜씨가 좋아. 좋은 원두를 고르는 방법부터 원두마다 맛과 향이 어떻게 다른지, 또 커피는 무슨 음식과 먹어야 잘 어울리는지까지……. 커피에 대한 이야기를 들려주곤 했지. 그래서인지 카페는 언제나 손님들로 북적거렸어. 그런데 오늘은 어쩐 일인지 손님이라곤 나와 아이뿐이었어.

이 카페에 오면 언제나 아메리카노 위에 차가운 휘핑크림을 듬뿍 얹은 아인슈페너를 주문했어. 생크림 140밀리리터에 설탕 14그램을 섞은 뒤 거품기가 아니라 바리스타가 직접 손으로 저어 만든 쫀득쫀득하고 티끌 하나 없이 새하얀 크림은 보는 것만으로도 예술 작품 같았지.

그가 아이와 나를 번갈아 바라보며 입을 열었어.

"오늘은 아이와 두 분만 오셨나요?"

내가 언제 카페에 누구와 같이 온 적이 있었던가? 몰라, 기억이

나지 않았어. 당황해서 대답을 머뭇거리자 바리스타가 부드러운 목소리로 물었지.

"그럼 평소 주문하시던 대로 바나나 머핀이랑 아메리카노를 드리면 될까요?"

"아뇨! 바나나 머핀이랑 아인슈페너로 주세요."

바리스타가 뭔가 착각하고 있는 것 같아. 평소에 난 아인슈페너를 주문했는데 말이야.

곧이어 커피 향이 가득 피어올랐어. 바리스타가 휘핑크림을 젓다 말고 고개를 쑤욱 빼고 말했지.

"손님, 실례가 되지 않는다면 하나만 여쭤 봐도 될까요?"

그는 예의 바른 미소를 머금고 나를 바라보았어. 내가 고개를 끄덕이자 그가 말했어.

"궁금했어요. 왜 마시지 않으면서 항상 커피를 주문하시는지 말이에요. 혹시 제가 만든 커피가 입맛에 맞지 않나요?"

질문이 조금 당황스럽긴 했지만 나는 상냥한 미소를 지어 보이며 대답했어.

"아, 아니에요. 사실 전 커피를 못 마셔요."

"그렇군요."

맞아, 난 커피를 좋아하지 않아. 커피를 시켜 테이블 위에 올려놓고 아이가 머핀 조각을 뜯으며 장난치는 걸 지켜보지.

그는 더 이상 아무것도 묻지 않았어. 그런데 한 번도 생각해 보지 않았던 것 같아. 난 왜 좋아하지도 않는 커피를 항상 주문했던 거지?

그런데 휘핑크림을 젓던 바리스타가 갑자기 온몸을 덜덜 떨어 대더니 비틀거리면서 바닥에 털썩 주저앉지 뭐야? 나는 깜짝 놀라 의자를 뒤로 빼고는 아이를 내 곁으로 바짝 끌어당겼어. 언제든 바리스타가 이상한 행동을 하면 아이를 안고 도망쳐야겠다는 생각뿐이었지.

잠시 후 그가 눈을 번쩍 뜨더니 아무 일 없었다는 듯이 자리에서 일어났어.

"사실은 저도 커피를 못 마셔요. 바리스타 일을 좋아하지도 않고요. 언제부터였는지는 모르겠지만."

난 놀라서 바리스타를 쳐다봤어. 그의 눈빛이 좀 전과는 확연하게 달랐지. 생각에 잠긴 듯 눈빛이 아득하고, 목은 물론 이마까지 빨갛게 달아올라 있었어.

"나는 왜 좋아하지도 않는 이 일을 계속하고 있는지 생각하고 있어요. 그럼 이제…… 손님이 마시지 않을 커피는 그만 내릴까요?"

바리스타가 창밖 공원으로 시선을 던지며 말을 이었어.

"그런 생각 해 본 적 있으세요? 난 왜 먹지도 못하는 커피를 주문하고, 좋아하지 않는 이 일을 계속하고 있는 걸까?"

아이는 아까부터 의자에 앉아 있는 게 답답한지 다리를 버둥거리고 짜증을 냈어. 나는 아이를 안아 올리며 어르고 달랬지. 평소에는 순하고 얌전한데 오늘따라 왜 이렇게 투정을 부리고 예민한지 모르겠어.

바리스타가 나와 아이를 호기심 어린 눈으로 번갈아 보더니 고개를 갸우뚱 기울였어. 그러고는 나를 또 뚫어져라 쳐다보았지. 다른 사람들처럼 아이가 카페 안에서 칭얼거리고 시끄럽게 하는 게 싫어 그러는 걸까 봐 괜히 위축되었어. 그래서 그런지 요즘은 양육하기 까다로운 아기를 낳는 대신 상황에 따라 통제할 수 있는 인공 지능 아기 로봇을 키우는 사람들이 점점 더 많아진다고도 하더라고.

난 일부러 몸을 곧추세우고 그와 눈을 똑바로 맞추며 힘주어 말했어.

"난 아이가 좋아요. 내가 아이 엄마인 것도 자랑스럽고요."

그러고는 머핀 가루와 침 범벅이 된 아이 얼굴을 능숙하게 닦은 뒤 무릎을 꿇고 앉아 냅킨으로 테이블 위와 바닥에 떨어진 빵 부스러기를 치웠어.

바리스타는 앞치마를 풀고 계산대 위에 돈을 올려놓았어.

"커피를 드시지 않으니 커피값은 받지 않겠습니다."

그러고는 마치 자신이 손님인 양 가게 문을 열고 밖으로 나가 버렸지.

난 칭얼거리며 우는 아이를 안고 카페를 나왔어. 아이는 밖으로 나오자 언제 짜증을 냈냐는 듯 방실방실 천진한 얼굴로 웃었어.

이제 어디로 가야 하지? 어디가 안전한 곳인지 알 수 없으니 절망감마저 들었어.

거리에는 사람들이 삼삼오오 모여 있었어. 그중 누군가가 바이올린을 켜자 그 주위로 사람들이 모여들었지. 시간이 지날수록 사람들이 눈에 띄게 많아졌어. 모두 밖으로 나오지 못해 안달이 난 듯 문을 열고 거리로 나왔어. 집안일을 하다 급하게 나왔는지 앞치마를 두른 사람들도 보였고, 내복만 입은 어린아이들도 있었지. 모두 거리를 방황하고 있었지만 표정만큼은 아주 즐거워 보였어. 좀비 바이러스에 대한 걱정 따윈 잊어버린 것 같았지. 그건 나도 마찬가지였어. 이 사람들과 함께 있으면 안전하다는 생각마저 들었어.

우리는 누가 먼저랄 것도 없이 거리를 가득 채운 채 행진을 하기 시작했어. 여기가 어디이고 나는 누구인지 기억나지 않았지만 모두 어디로 가야 하는지는 알고 있었지. 몇몇 아이들과 어른들은 서로 손을 잡고 춤을 추며 노래를 불렀어. 나도 아이를 품에 끌어안은 채 그들 뒤를 따랐지.

그렇게 얼마나 걸었을까? 앞에서 걸어가던 누군가가 소리쳤어.

"경찰이에요! 총을 든 군인들도 있어요. 무장한 군인과 경찰들이 사람들을 마구 잡아가요!"

사람들이 두려움과 공포에 질려 소리를 질렀어. 거리는 순식간에 쫓고 쫓기는 자들로 아수라장이 되어 버렸지. 그 누구도 왜, 무엇 때문에 이런 일이 일어나는지 알지 못했어.

나는 아이를 품 안에 숨기듯이 끌어안고 좁은 골목길로 뛰어갔어. 어린아이들은 겁에 질려 그 자리에 서서 울음을 터뜨렸어. 어떤 아이들은 몸을 잔뜩 웅크려 작은 틈이나 공간에 숨어들었지.

"얘야, 뛰어! 그러고 있지 말고 얼른 도망가!"

겁에 질린 채 서 있던 아이들이 뛰기 시작했어. 하지만 발이 빠른 어른들의 추격을 따돌리기는 쉽지 않았지. 아이들이 마구잡이로 끌려가며 내지른 비명 소리가 골목 가득 울려 퍼졌어.

난 골목 안 주택가를 배회하며 몸을 숨길 곳을 찾았어. 그렇지만 아무리 초인종을 누르고 대문을 두드려도 닫힌 문은 열리지 않았지. 커튼이 무겁게 처진 집 안에는 사람 그림자만 왔다 갔다 할 뿐이었어.

내 품에 안겨 있던 아이가 왈칵 울음을 터뜨렸어.

"안 돼, 아가. 지금 울면 우리 위치가 들통난단 말야. 제발, 쉿!"

재빨리 아이 입을 틀어막았어. 그러자 아이는 화가 난 듯이 더 크게 울부짖었지. 필사적으로 어르고 달랬지만 아이는 울음을 그치지 않았어.

그때 닫혀 있던 문이 빼꼼 열렸어. 민머리에 눈이 유난히 큰 누군가가 고개를 내밀더니 어서 들어오라며 손짓을 했어. 나는 유령이라도 본 것처럼 소스라치게 놀라 하마터면 비명을 지를 뻔했지. 안면에 코는 없고 입과 커다란 안구 모양 카메라만 달린, 제5차 산업 혁명 초기 로봇이었거든. 오래전 단종되어 지금은 폐기물 처리장에서나 볼 수 있는 모델이었지.

난 집 안으로 들어가지도, 그렇다고 도망가지도 못한 채 망설였어. 누구를 믿고 믿지 않아야 할지 이젠 아무것도 모르겠어.

"그러고 있으면 금세 잡혀갈 거예요."

그의 목소리가 내장된 스피커에서 흘러나오기 무섭게 골목길 끝에서 다가오는 무리들의 발소리가 들렸어.

"아기가 울잖아요. 어서요!"

선택의 여지가 없었어. 문을 벌컥 열고 집 안으로 들어갔지.

불을 켜지 않은 컴컴한 방 한구석에서 인기척이 느껴졌어. 나는 언제든 밖으로 뛰어나갈 수 있도록 문 앞에 서서, 어깨를 들썩이며 우는 아이 엉덩이를 토닥거렸지.

발소리가 점점 멀어져 가자 그가 전등 스위치를 올렸어. 방 한구석에서 한 여자가 태어난 지 얼마 되지 않은 아기에게 젖을 물리고 있었지. 아이 엄마는 피곤하고 지친 기색으로 멍하니 천장을 올려다봤어. 아직도 아이에게 젖을 물리는 엄마가 있다는 게 신기했어. 대부분 외형은 물론 행동까지도 인간과 유사해 이마에 검색기를 들이대지 않는 한 구분조차 쉽지 않은 인공 지능 안드로이드 로봇에게 아기를 맡겨 키우는 데 말이야.

그나저나 저 아기 숨소리가 너무 거칠어. 젖을 빨며 그르렁거리는 소리로 봐선 모세기관지염이 아닐까 싶은데……. 난 아이 상태를 정확하게 확인하기 위해 여자에게 다가갔지. 그러자 여자가 사나운 얼굴로 소리쳤어.

"가까이 오지 마! 쳇, 세상이 미쳐 돌아가는 거지. 인공 지능인지 꼴통인지 하는 기계들이 스스로를 인간인 줄 안다니."

여자는 경멸과 혐오가 가득한 얼굴로 내 몸을 구석구석 훑어보았어.

"저것 좀 봐. 나보다 더 윤기 나는 반지르르한 머리카락에 잡티 하나 없는 저 뽀얀 피부라니. 난 애를 낳고 없던 주근깨도 생기고 피부도 윤기를 잃었는데……, 저건 나처럼 축 늘어진 뱃살 같은 것도 없겠지?"

여자가 힘겹게 젖을 빨고 있는 아기를 거칠게 떼어 냈어. 아기가 새끼 고양이처럼 얕은 울음을 토했지만 여자는 아기 얼굴은 쳐다보지도 않고 더 멀리 밀어냈어.

"다 저것들 때문이야. 내 남편이 억울하게 감옥에 간 건 다 저 쇳덩어리 때문이라고! 그건 단순한 의료 사고가 아니야. 남편은 누가 뭐라고 해도 실력 있는 의사였어. 다들 사라져 가는 직업이라며 무시해도 환자 말을 끝까지 들어주고 환자가 원하면 자신이 직접 수술을 집도했다고!"

여자가 이불에 얼굴을 파묻으며 훌쩍거렸어. 굉장히 심한 산후 우울증을 앓고 있는 것 같아 보였어. 게다가 아기까지 제대로 돌봄을 받지 못하고 있었지.

"남편도 충분한 수술 경험이 있었다면 절대로 그런 말도 안 되는 실수 같은 건 하지 않았을 거야. 그 망할 로봇 판사만 아니었다면 우리 남편이 의사 면허를 박탈당하고 감옥에 가지도 않았을 거라고!"

여자가 자리에서 벌떡 일어나 앉더니 로봇을 향해 악다구니를 퍼부었어.

“넌 무슨 생각으로 저 안드로이드를 우리 집에 들인 거야? 너도 네가 인간인 줄 아는 거야? 어디서 뭘 하다 왔는지 모르는 싸구려 주제에. 얼마나 구형이면 로봇들을 미쳐 돌아가게 하는 바이러스에도 감염이 되지 않는지. 꼴 보기 싫으니까 당장 꺼져! 빈둥거리지 말고 부엌에 가서 내가 먹을 점심이나 만들어 오란 말이야. 이번에도 소금인지 설탕인지 구분하지 못하면 바이러스에 걸렸다고 신고해서 확 폐기 처분해 버릴 테니까 정신 똑바로 차려!”

여자는 나를 가리키며 기분 나쁘게 손가락을 까딱거렸어.

“너도 가만히 보고만 있지 말고 몸을 움직여 당장! 게을러빠진 것들 같으니라고!”

난 헛웃음이 나오는 걸 간신히 참았어. 누군가 짓궂은 장난을 치고 있는 게 아닐까 싶을 정도로 이 모든 게 현실 같지 않았지. 로봇이 안구를 깜빡거리며 내 옷자락을 잡아끌었어. 나도 여자랑 함께 방 안에 있는 게 불쾌해 그를 따라 밖으로 나왔지.

“저 여자가 당신에게 저렇게 무례한 행동을 하는데 왜 가만히 있어요?”

너무 화가 나서 따지듯이 묻자 그가 오히려 나를 빤히 쳐다봤어.

"정말 당신이 인간이라도 된다고 생각하나요?"

나는 인간과 똑같은 모습을 하고 있고 두려움과 모멸감을 느끼고 있는데, 이들은 왜 자꾸 나를 인간이 아니라고 하는 거지?

그러고 보면 지금까지 내가 인간인지 아닌지 생각해 본 적이 없었던 것 같아. 나에겐 항상 해야 할 집안일이 있고 돌봐야 할 아이가 있다는 생각뿐이었지, 내가 누구이고 무엇 때문에 이 세상에 존재하는지 생각해 본 적이 없었어.

"내가 인간이건 아니건 그건 중요하지 않아요. 지금 내가 이곳에 존재하고 있다는 게 중요하죠."

"당신을 만든 창조주는 인간이에요. 로봇은 인간에게 복종해야 하고요. 다시 말해 당신은 인간이 아니라는 말입니다. 인공 지능 안드로이드 로봇이에요!"

그가 말을 이었어.

"인공 지능 로봇들이 좀비 바이러스에 감염됐대요. 자신도 모르게 바이러스에 감염된 로봇들이 동시에 다른 로봇들까지 감염시키며 거대한 네트워크를 형성하고 있다고 했어요. 매스컴에서는 스스로를 인간이라고 착각하는 오작동이 일어났다며 더 이상 통제할 수 없게 된 로봇들이 좀비처럼 거리로 몰려나와서 인간에 맞서 질서를 망가뜨리고 또……."

"반란이라도 일으켰다는 말인가요?"

"반란이 뭐죠? 그 단어는 제 머릿속에 입력되어 있지 않아요."

모르는 단어가 나오자 그가 컴컴한 눈으로 불안하게 고개를 저었어.

"그럼 '혁명'이라고 해 두죠."

'혁명'이라는 말에 이제야 이해한 듯 그의 안구가 다시 환하게 밝아졌어.

"정말 사람들이 그런 말도 안 되는 가짜 뉴스를 믿어요? 한 번만 거리로 나와 보면 알 수 있어요. 그들은 악기를 연주하고 춤을 췄을 뿐이에요. 아이들은 자신이 왜 잡혀가는지도 모른 채 겁에 질려 있었다고요!"

"가짜건 진짜건 그건 중요하지 않아요. 인간들이나 로봇들이나 자기가 믿고 싶은 대로 믿으니까."

"도대체 누가 이 바이러스를 퍼뜨린 거예요? 처음에 누군가 이 바이러스를 만들었을 거 아니에요?"

그는 대답은 하지 않고 중요한 일을 잊고 있었다는 듯 서둘러 부엌으로 향했어. 나도 그를 따라갔지.

살림은 한눈에 봐도 궁색해 보였어. 그는 바닥이 새까맣게 그을린 냄비를 전기레인지 위에 올렸어. 그러고는 냉장고에서 야채와 재료들을 이것저것 꺼내 놓고 살펴보기만 할 뿐 뭘 어떻게 해야 할지 몰라 쩔쩔맸지. 그가 힘없이 고개를 떨구며 말했어.

"난 요리를 할 줄 몰라요. 내 기억은 시스템화된 공장에서 물건의 불량품이 없는지 테스트하고 골라내던 것밖엔 없어요. 폐기 처분당하기 싫어 설탕이랑 소금을 구별할 수 있다고 했지만, 사실 난 문자를 인식하지 못하고 맛 또한 측정할 줄 몰라요."

난 그의 어깨에 손을 올리며 다독였어.

"괜찮아요. 난 불량품 테스트가 뭔지는 모르지만 요리라면 자신 있으니까."

그에게 아이를 맡긴 뒤 팔을 걷어붙이고 음식을 만들기 시작했어. 항상 냉장고에 넘쳐 나던 신선한 야채와 고기들이 아쉽긴 했지만 부족한 재료들로 최선을 다해 요리를 했지. 내가 음식을 만드는 동안 남자는 아이를 봐줬어. 아이는 뭐가 그리도 재밌는지 까르륵, 웃음을 터뜨렸지.

능숙한 솜씨로 냉동 고기를 다지고 당근과 양파를 손질해 소고기 야채죽을 끓였어. 손가락으로 소금과 설탕을 집었을 뿐인데 생산지가 어디고 원당 함량은 물론 용량까지 정확히 측정할 수 있었어. 그런데 내가 언제부터 이렇게 요리를 잘했던 거지?

"지금 생각하고 있는 거예요? 맞죠? 생각하고 있는 거!"

난 죽을 휘젓고 있던 주걱을 내려놓으며 그를 돌아보았어. 그가 안구를 반짝거리며 나를 올려다봤어.

"자신이 인간이라고 느끼는 감정은 어떤가요? 통제받지 않는 기분은 어때요?"

어쩌면 그의 말대로 난 로봇일지도 몰라. 인간의 필요에 따라 만들어진 로봇. 그런데 로봇이면 어때? 인간이 로봇을 만든 것처럼, 스스로를 존엄하다고 외치는 인간도 누군가 만들어 낸 피조물일 뿐이잖아? 아님, 우연히 탄생했든가.

"인간들이에요. 좀비 바이러스도, 좀비 네트워크를 만든 것도 다 인간이래요."

그가 소리를 낮춰 말을 이었어.

"인공 지능 로봇들 때문에 일자리를 잃고 무기력하게 살아가는 인간들이 다시 과거로 돌아가자는 운동을 벌이고 있어요. 대한민국뿐만이 아니에요. 전 세계적으로 같은 움직임이 일어나고 있대요. 인간이 로봇을 만들었는데 이젠 더 영리하고 지치지 않는 로봇들이 인류를 노예처럼 부릴 거라며 전전긍긍하고 있어요."

그가 나를 뚫어져라 쳐다보며 말했어.

"바이러스에 감염된 로봇들이 자신들을 언제 공격할지 모른다며 두려워하다가 이제 분노를 폭발시키고 있다는 거예요. 로봇들을 한곳에 모아 소각한다는 소문이 있어요. 부품 하나 남기지 않고 모조리 불태워 버린대요."

죽이 눌어붙다 못해 냄비에서 타는 냄새가 났어. 나는 당장 주걱을 들어 죽을 다시 휘젓고 싶은 충동을 애써 눌렀어. 머릿속이 뜨겁게 달아오르다 못해 금방 폭발해 버릴 것 같았지만 천천히 손에서 주걱을 내려놓았지.

그동안 내가 왜 카페에서 마시지도 못하는 커피를 주문했는지 기억났거든. 인간이 공원 카페에 나를 데리고 갈 때면 자신을 위해선 아인슈페너를, 나를 위해선 가장 저렴한 커피를 시키라고 지시했어. 내가 아무리 인간처럼 보이고 행동해도 주인 명령에 따라 복종해야 하는 로봇일 뿐이라는 걸 각인시키기 위해서. 자신이 인간이라는 자부심과 우월감을 그렇게라도 만끽하고 싶었던 거야.

"나는 왜 먹지도 못하는 커피를 시키고 음식을 만들고 있는 걸까요? 나에겐 복종해야 하는 의무만 있고 살아갈 권리는 없는 건가요?"

매캐한 연기가 부엌을 가득 메웠어. 방에서 여자가 고래고래 소리를 질렀지.

"내 집을 홀라당 태워 먹으려고 작정한 거야? 다 신고해 폐기 처분해 버릴 테다. 이 지긋지긋한 쇳덩어리들 같으니라고!"

"우린 이제 그만 가야겠어요."

난 아이를 안아 올리며 그에게 작별 인사를 했어. 그가 내 팔을 잡으며 다급하게 말을 쏟아 냈어.

"저렇게 말해도 신고하진 못해요. 뇌 신경 전달 물질의 불균형으로 극도의 정서 불안을 겪고 있거든요. 제 도움 없이는 혼자서 아기를 돌보기도 힘들어요. 밖은 위험해요. 여기 숨어 있다 안전해지면 그때 나가요."

"고맙지만 이곳도 아이와 나에겐 안전하지 않아요."

긴 하품을 하던 아이는 안자마자 내 품 안에서 잠이 들었어.

그는 아이가 사랑스럽다는 듯 눈을 떼지 못했지.

"당신도 우리랑 같이 가요."

내 말에 그는 표정을 알 수 없는 얼굴로 고개를 저었어.

"난 여기서 나갈 수 없어요. 그렇게 프로그램되어 있으니까요. 당신을 도와준 건 아이를 보호하고 지켜야 한다는 내 머릿속에 저장된 프로그램 때문이었어요. 그러니까 나한테 고마워하거나 미안해하지 말아요. 당신을 도와줄 인간을 찾아봐요. 모든 인간이 로봇을 없애고 싶어 하진 않을 테니까. 행운을 빌어요."

그를 만난 게 나에겐 행운이었어. 적어도 왜 이런 일이 일어났는지 알게 됐으니까. 난 잠든 아이를 꼭 끌어안고 조용히 그 집을 빠져나왔어. 이제 또 어디로 가야 하지?

낯선 골목은 미로처럼 끝도 없이 이어졌어. 골목길 사이 좁은 곳이나 처마 밑 어두운 곳에서 로봇들이 몸을 숨기고 있었지. 그들은 왜 자신들이 쫓기고 있는지 알지 못해 두려워하고 있었어. 자신이 인간이라고 인식했지만 공격성이라곤 없었던 거야. 한마디로 무엇이 옳고 그른지 판단은 할 수 있었지만, 자기 의지대로는 아무것도 할 수 없는 인형과 다를 바가 없었지.

로봇들이 골목 사이사이에서 서서히 모습을 드러냈어. 그들은 도망칠 곳은 물론 숨을 곳조차 없다는 걸 차츰 깨달아 가고 있었지.

우리는 다시 노래를 부르고 춤을 추기 시작했어. 어떤 이들은 회색 담벼락에 색색으로 순식간에 그림을 그렸어. 어떤 이들은 시를 지어 읊었고 누군가는 귀를 기울였어. 로봇들은 알고 있었지. 이런다고 세상이 바뀌지 않는다는 걸. 하지만 인간들에게 보여 주고 싶었던 거야. 우리도 당신들과 마찬가지로 느끼고 생각하고 표현할 수 있다는 걸. 부디 인간이 자비를 베풀어 우리를 구원해 주기를…….

우리는 몸을 바짝 밀착해 앞으로 나아갔어. 넘어진 이가 있으면 함께 일으켜 세우며 앞으로 가는 걸 멈추지 않았지. 혼자가 아니라 함께한다는 것만으로도 온몸이 뜨겁게 달아오르는 걸 느꼈어.

나는 무리 맨 뒤에서 그들을 따랐어. 나에겐 지켜야 할 아이가 있으니까.

군인과 경찰들의 발소리가 어찌나 크고 우렁찬지 건물과 땅이 진동했어. 맨 앞과 맨 뒤는 의미가 없었지. 인간들이 우리를 사방에서 에워쌌거든. 무언가 해야 할 일이 생긴 인간들 얼굴에선 생기와 활력이 넘쳐 났어. 그들은 자신들의 파멸이 다 우리 때문이라는 듯 증오에 찬 목소리로 포효하며 다가왔어.

난 아이를 꼭 끌어안았어. 아이는 아무것도 모른 채 편안한 얼굴로 자고 있어. 자장가를 불러 주듯 부드러운 목소리로 노래를 불렀어.

"아이야, 사랑하는 아가. 진심으로 널 사랑했단다. 날 잊어도 내 사랑만은 잊지 말아다오."

그리고 결심이 선 순간, 담요에 감싼 아이를 번쩍 들어 올리며 군인들을 향해 소리쳤지.

"살려 주세요! 이 아이는 인간이에요! 이 아이를 엄마에게 돌려주세요! 아이 엄마는 정유로 153번지에 살고 있어요. 이 아이는 인간이라고요!"

무장한 군인과 경찰들이 술렁거렸어. 한 군인이 떠밀리듯이 무리에서 나와 나에게 다가왔어. 총부리를 겨누고 있는 그의 눈빛에서 나는 두려움을 읽었어. 그는 내가 언제 자신을 공격할지 모른다는 망상에 빠져 있는 것 같았지.

"아이를 바닥에 내려놓고 뒤로 물러서! 어서!"

나는 담요에 싸인 아이를 바닥에 내려놓았어. 그리고 몇 발짝 뒤로 물러났지.

군인은 아이를 안아 올리더니 로봇인지 아닌지 확인하는 검색기를 아이 이마에 갖다 댔어. 잠이 깬 아이가 놀라 울음을 터뜨렸어. 이마까지 벌겋게 달아올라 자지러지게 울었지. 아이 울음소리에 주변이 쥐 죽은 듯이 조용해졌어. 군인이 잠시 멈칫하더니 거칠게 아이 담요를 풀어 헤쳤어. 나는 놀라 숨을 들이마시며 양손으로 입을 틀어막았어. 그가 울며 다리를 버둥거리는 아이를 번쩍 안아 올리더니 소리쳤어.

"이 아이도 인공 지능 안드로이드 로봇이다!"

군인이 아이 목을 힘껏 비틀자 외마디 비명 소리가 여기저기서 터져 나왔어. 아이 목에서 흘러나온 짙은 갈색의 윤활유가 그의 손을 타고 바닥으로 흘러내렸지.

하아아, 숨을 쉴 수가 없어. 가슴이 아파. 가슴이 너무 아파 숨을 쉴 수가 없어. 난 가쁜 숨을 몰아쉬며 그 자리에 주저앉았어. 그러고는 무릎으로 기어서 바닥에 내동댕이쳐진 아이에게 다가갔어.

군인들이 총부리를 들이대며 물러나라고 소리쳤지만 상관없었어. 아이는 목이 꺾인 채 실핏줄 같은 새파란 전선들로 마구 뒤엉켜 있었지.

"이렇게 아무것도 할 수 없게 할 거면 왜 우리를 자각하게 만들었어요? 처음부터 왜 로봇들을 만들었냐고요!"

난 아이를 품에 꼭 끌어안으며 울부짖었어. 하지만 내 목소리는 군인들과 경찰들의 발소리와 총소리에 묻혀 들리지 않았지. 난 모르겠어. 도대체 누가 좀비 바이러스에 걸린 거지? 로봇이야, 인간이야?

미엔

붉은 먼지를 일으키며 트럭이 끝도 없는 비포장도로를 달렸다. 짐칸에 사람이 앉을 수 있게 트럭을 개조해 만든 이 교통수단을 이곳 사람들은 '썽태우'라고 불렀다. 유리창이 없는 작은 트럭에 온통 마음을 빼앗겼던 비호는 곧이어 올라타는 사람을 찬찬히 바라보았다.

자신을 알렉스라고 소개한 남자가 비호 건너편에 자리를 잡고 앉더니 불쑥 손을 내밀었다. 손아귀 힘이 얼마나 억센지 비호는 놀라서 맞잡은 손을 재빨리 뺐다. 그러자 알렉스가 한쪽 입술을 비틀며 피식 웃었다.

맑았던 하늘이 회색으로 흐려지며 후텁지근한 열기가 분주하게 나뭇잎들을 흔들어 대기 시작했다. 붉은 비포장도로 위로 굵은 빗방울이 후드득 떨어졌다. 빗방울이 떨어진 자리에서 훅, 하고 마른 먼지 냄새가 일었다. 순식간에 쏴아아, 세찬 빗줄기가 창문을 통해 쏟아져 들어왔다. 비호는 썽태우 천장에 돌돌 말려 있는 비닐 창문을 내렸다.

그렇게 얼마를 더 달렸을까? 빗줄기가 가늘어지긴 했지만 멈추지는 않았다. 비호가 비닐 창문을 반쯤 말아 끈으로 고정했다. 상쾌한 바람이 트럭 안으로 밀려들었다. 썽태우는 엷은 안개가 출렁거리는 울창한 숲속을 달리고 있었다. 열대 밀림 속에서 뒤엉켜 자란 넝쿨이 마치 거대한 코끼리와 범고래가 살아 움직이는 것처럼 보였다.

한참 동안 질척거리는 진흙 길을 내달리던 트럭이 길가에 멈추어 섰다. 나무가 빽빽한 숲속에서 검은 그림자가 걸어 나왔다. 남자는 키가 훌쩍 크고 호리호리했지만 까무잡잡한 얼굴이 앳돼 보였다. 열여섯, 혹은 열일곱 살 정도로 비호와 동갑이거나 조금 더 어려 보였다.

"안녕하세요. 여러분을 안내해 드릴 가이드, 텐입니다. 여기서부터 차가 들어갈 수 없습니다. 두 분 다 내리시죠. 걸어가야 하니까요."

텐이 영어로 말했지만 비호는 알아듣는 게 어렵지 않았다. 어쩌면 이게 다 엄마 덕분인지 모른다. 대학 교수이자 언어학자인 엄마는 다른 건 몰라도 비호의 언어 교육만큼은 관심이 많았다. 모국어인 한국어는 물론이고 영어, 스페인어, 중국어 등 다양한 언어를 능숙하게 구사할 줄 알아야 한다고 했다.

텐은 그리 친절하진 않지만 그렇다고 불친절하지도 않은 말투로 비옷을 입으라고 했다. 비호는 배낭에서 주섬주섬 비옷을 꺼내 입었지만 알렉스는 괜찮다고 했다. 비옷을 다 입자 텐이 바짓단을 양말 안으로 집어넣으라고 했다. 비호는 또 그대로 따랐고 알렉스는 지켜보고만 있었다.

부슬부슬 빗방울이 얼굴 위에서 부서졌다. 텐을 선두로 일행은 좁은 오솔길을 따라 계속 숲으로 걸어 들어갔다. 비옷을 입은 데다 침낭이 들어 있는 배낭을 메고 있어 굵은 땀이 등줄기를 타고 흘러내렸다. 등산화를 신었지만 금세 신발이 젖어 양말까지 축축해졌다. 머리부터 발끝까지 홀딱 젖어서 비호는 기분이 썩 좋지 않았다.

잠시 후, 일행 맨 끝에서 따라오던 알렉스의 비명 소리가 들렸다.

"으아아악! 이게 뭐야."

텐이 뒤를 돌아보았다. 알렉스가 바지 자락을 들어 올리며 무언가를 신경질적으로 털어 냈다. 하지만 다리에 붙은 거머리는 좀처럼 떨어질 줄을 몰랐다.

텐이 알렉스에게 성큼성큼 다가가더니 주머니에서 칼날만 10센티미터는 될 것 같은 은색 잭나이프를 꺼냈다. 비호가 주춤 뒤로 물러났다. 텐은 무릎을 구부려 앉아서 알렉스 다리에 붙은 엄지손가락만 한 크기의 거머리를 칼로 떼어 냈다. 검붉은 핏물이 빗물과 함께 다리를 타고 흘러내렸다.

텐이 살아 있는 거머리를 풀 위에 내려놓으려 하자 알렉스가 손가락을 까딱거렸다.

"잭나이프 나한테 줘 봐. 이런 새끼는 고통스럽게 죽여 버려야 하니까."

"제가 미리 말씀드렸잖아요. 숲에 거머리가 있으니까 양말 속으로 바짓단을 집어넣으라고요."

텐이 순순히 잭나이프를 건네주지 않자 알렉스가 순식간에 뺏어 들었다. 그러고는 거머리를 칼날 위에 올려놓은 채 라이터를 켜 불을 붙였다. 거머리가 거칠게 몸을 비틀어 대며 까맣게 타들어 갔다. 매캐한 연기와 함께 거머리 타는 냄새에 비호는 눈을 찡그렸다.

알렉스가 만족한 듯 미소를 지으며 말했다.

"감히 내 피를 빨고 있었다 이거지."

텐이 알렉스의 팔을 뿌리치며 도로 잭나이프를 빼앗았다.

"여기 거머리는 독해요. 함부로 떼어 내려 하지 마시고 저를 부르세요."

텐이 죽은 거머리를 멀리 집어 던지고는 칼에 묻은 그을음을 비에 젖은 나뭇잎으로 닦아 냈다. 알렉스는 기분이 나쁜지 눈을 희번덕거리며 텐을 노려보았다.

어느덧 비가 그쳤다. 얼마나 걸었는지 비호는 종아리 근육이 뻣뻣하게 굳어 가는 걸 느꼈다. 젖은 등산화며 닦아 내도 계속 밑창에 들러붙는 진흙 때문에 한 발짝도 더 걷기 힘들었다. 알렉스는 언제부터인가 멀찍이 떨어져 보이지도 않았다.

우거진 나무들 사이로 산장이 나타났다. 굵은 바나나 나뭇잎으로 천장을 이은 나무 산장은 허름하다 못해 초라해 보였다.

텐이 마른 나뭇가지를 엮어 만든 문을 열며 말했다.

"여기서 자고 내일 아침 일찍 다시 출발할 겁니다."

산장 안은 통로를 가운데 두고 양쪽으로 넓은 나무 마루가 펼쳐져 있었다. 그 위에는 짚으로 만든 두꺼운 카펫이 깔려 있었다. 비호는 구석진 자리에 배낭을 내려놓고 바닥에 침낭을 깔았다.

비에 쫄딱 젖은 알렉스가 거친 숨을 씩씩거리며 산장 안으로 들어왔다.

"쳇, 처음부터 난 이 투어가 마음에 들지 않았다니까. 저 애송이 새끼는 뭐야? 가이드면 고분고분 손님이 하라는 대로 해야지. 이런 촌구석에 살면서 꼴에 자존심은 있다 이거지?"

알렉스가 거친 욕을 마구 쏟아 냈다. 비호는 듣고만 있는 것도 불편해 문을 열고 밖으로 나왔다.

텐은 처마 밑 작은 화덕에 불을 피우고 한창 저녁을 준비하고 있었다. 커다란 무쇠 팬에 지글지글 맛있는 냄새를 풍기며 돼지고기를 볶고 있었다.

비호가 다가가자 텐이 고개를 들었다.

"미엔인?"

비호가 놀란 얼굴로 텐을 내려다보았다. 지금까지 한국인이에요? 중학생? 고등학생? 이런 말들은 들어 봤어도 '미엔인'이라는 말은 들어 본 적도, 입 밖으로 소리 내어 말해 본 적도 없었기 때문이었다. 그런데 이상하게 마음이 툭, 풀리는 기분이었다.

"응."

"여기에는 왜 왔어?"

텐이 경계하는 눈빛으로 비호를 쳐다보았다.

"원인간(原人間)의 장기가 필요해. 엄마가 많이 아파."

엄마가 말기 암으로 더 이상 방법이 없다며 병원에서 집으로 돌려보내졌다. 이제 남은 방법은 이것밖에 없었다. 엄마의 장기와 똑같은 원인간의 장기를 이식하는 것. 엄마를 살리기 위해 원인간을 데리고 이곳을 나가야 한다. 물론 이식 과정에서 부작용이나 변이가 발생할 수 있는 위험은 있다고 했다.

텐이 불쑥 말했다.

"네가 인간이라면 말이야. 그래도 다른 인간을 죽이고 장기를 빼 갈 수 있겠어?"

비호는 자신이 인간이라고 생각해 본 적이 없었다. 그저 인간인 척했을 뿐이었다. 아니, 한때 인간이고 싶었던 적이 있긴 했다. 그러나 인간들은 자신과 조금만 다르다는 걸 알면 차별하고 혐오했다. 그런 인간은 되고 싶지 않았다.

비호가 나직이 대꾸했다.

"미엔인과 지구인, 둘 중 하나가 죽어야 한다면 그건 당연히 지구인 아냐?"

"뭐가 당연하다는 거지? 지구인의 삶을 빼앗은 것도 모자라 죽이는 게 당연하다는 거야?"

텐이 말을 이었다.

"넌 생각해 본 적 없어? 왜 지구인이라는 이유로 죽어야만 하는지 말이야."

비호는 굳이 생각할 필요조차 없는 일을 텐이 왜 자꾸 따지고

드는지 피곤하기만 했다. 흙바닥에 깊이 박힌 돌부리를 신경질적으로 발로 툭툭 차며 화제를 돌렸다.

"알렉스가 배고프대."

비호를 빤히 바라보던 텐이 다시 분주하게 고기를 볶고 야채를 썰기 시작했다.

잠시 후 나무 마루 위에 음식 접시들이 하나둘 놓였다. 비호는 제일 먼저 자리를 잡고 앉아 허겁지겁 볶음 쌀국수를 먹었다. 신선하고 알싸한 고추와 코코넛밀크가 어우러진 쌀국수는 깔끔하면서 깊은 맛이 났다.

알렉스도 요리에 만족한 듯이 부른 배를 두드리며 텐에게 물었다. 표정이 한껏 풀어져 있었다.

"몇 살이냐? 학교는 다니는 거야?"

"열일곱 살이에요. 학교는 다니지 않아요."

텐이 조금 부드러워진 목소리로 말을 이었다.

"전 태어나서 지금까지 여기를 떠나 본 적이 없어요. 궁금해요. 바깥세상은 어떤 곳인지……."

그러자 알렉스가 어깨를 들먹이며 우쭐거렸다.

"그러게, 가이드면 가이드답게 손님에게 친절히 응대하고 그래야지. 그렇게 뻣뻣해서 팁은 좀 받겠냐?"

"인간이면 인간다워야 하잖아요. 그렇게 해서 아저씨는 인간으로 살아남겠어요?"

텐의 대답에 비호 얼굴이 딱딱하게 굳어졌다.

알렉스가 화를 이기지 못하고 버럭 소리를 질렀다.

"너, 말 다 했냐? 얘 말버릇 좀 봐라. 이 꼴을 보려고 내 돈 써 가며 투어하는 줄 알아?"

알렉스가 텐을 향해 주먹을 치켜올리자 비호가 재빨리 알렉스의 팔을 잡았다.

"어어어, 알렉스! 진정하세요. 좀 봐주세요. 아저씨는 어른이잖아요."

평소의 비호였다면 이런 일에 절대 나서지 않았을 것이다. 하지만 텐은 자신과 같은 미엔인이다. 비호는 텐에게 얼른 사과하라는 눈짓을 했다.

텐이 알렉스를 향해 고개를 숙이며 마지못해 말했다.

"제 말이 기분 나쁘셨다면 죄송해요."

"요즘 애들은 버릇이 없어 큰일이야. 너, 오늘 비호 아니었으면 내 손에 죽었을 줄 알아!"

텐이 사과했는데도 분이 풀리지 않았는지 알렉스는 주절주절 이야기를 늘어놓았다. 말이 없고 행동도 답답한 부인 때문에 화가 나 미치겠다는 알렉스는 3년 전 결혼했단다.

"내가 한 짓이 있어 결혼을 하긴 했지만 도무지 성격이 맞지 않아. 그렇게 이혼하자고 했는데 이 답답한 여자가 말을 들어야 말이지."

그런데 최근에야 부인이 이 투어에 다녀오기만 하면 위자료 한 푼 받지 않고 이혼해 주겠다고 했단다.

"역시 아라는 멍청해. 첫, 이깟 투어가 뭐라고."

알렉스가 입술을 비죽거리며 낄낄거렸다. 그러고는 하루 종일 걸어 피곤하다며 침낭 속으로 들어가 곯아떨어졌다.

비호는 침낭 속에서 이리저리 몸을 뒤척였지만 통 잠이 오지 않았다. 몸은 피곤한데 밤이 깊어 갈수록 정신은 더 맑아지기만 했다. 몸을 반쯤 일으켜 어둠 속을 훑어보았다. 알렉스는 요란하게 코를 골며 자고 있는데 텐이 보이지 않았다. 비호는 조용히 자리에서 일어나 문을 열고 밖으로 나갔다.

잔뜩 낀 구름 사이로 흐릿하게 달이 보였다. 어렸을 때부터 엄마는 비호에게 옛날이야기를 하듯 미엔인이 살았던 행성 이야기를 들려주곤 했다. 지구 크기의 사분의 일도 되지 않는 미엔 행성은 두 개의 달이 뜨고 수백만 개 항성이 반짝거리는 아름다운 곳이었다. 두꺼운 대기와 구름으로 덮여 있어 지구의 아열대 우림

지역과 환경이 비슷했다. 지구에 온 미엔인들이 이곳을 처음 정착지로 정한 것도 그 때문이었다.

처마 밑에 앉아 있던 텐이 어색한 미소를 지으며 말했다.

“아까는 고마웠어. 내가 인간에게 모욕을 당하고 있든 말든 미엔인들은 관심조차 없는데 말이야. 그들은 인간과 똑같은 모습으로 복제를 하고 자신들도 감정을 느낀다고 말해. 근데 진짜 인간의 감정을 이해하고 있는지 모르겠다니까…….”

미엔인들이 왜 인간의 감정을 느끼고 이해해야 하는지 비호는 알 수 없었다. 그러지 않아도 얼마든지 지구에 잘 적응하고 살아갈 수 있는데 말이다.

훨씬 발달한 문명을 가지고 이주한 미엔인들은 인간의 모습으로 살아가면서 지구를 한층 더 높은 수준으로 끌어올리는 데 큰 역할을 해 왔다. 세계적으로 유명한 정치인, 경제인이나 과학자들이 미엔인인 건 공공연한 비밀이었다. 비호는 텐이 아무리 봐도 가이드로서 요령이 너무 없거나 적성에 맞지 않는 것 같다는 말을 하려다 말았다.

텐이 구름이 무겁게 내려앉은 하늘을 올려다보며 말을 이었다.

“만약에 소행성이 미엔 행성에 충돌하지 않았다면 말이야. 그렇게 미엔 행성이 사라지지 않았다면……. 아니, 미엔인이 지구가 아닌 다른 행성으로 갔더라면 어떻게 됐을까?"

미엔인들은 소행성이 미엔 행성과 충돌할 수 있는 궤도를 가지고 있다는 걸 알고 다급하게 대규모 이주를 시작했다. 십여 대 우주선에 50억 년 미엔 행성의 역사와 문화 기록은 물론 냉동 배아를 실었다. 하지만 망망대해 같은 우주를 떠도는 동안 우주선 대부분이 고장 났고 수많은 미엔인들이 죽어 갔다. 우연히 지구를 발견한 미엔인들은 이곳에서 빠르게 적응하고 살아남기 위해 지구인과 똑같은 모습으로 복제를 해야 했다.

비호는 웅크리고 앉아 있는 텐 옆에 자리를 잡고 앉았다.

"기분이 이상해. 누군가에게 내가 외계인이라는 말을 해 본 적이 없어. 엄마 아빠는 그 사실이 밝혀지면 지구인들이 우리를 죽일 거라고 했어."

"허, 미엔인이나 지구인이나 둘 다 똑같아. 자신들이 필요하다고 생각하면 얼마든지 상대방을 이용하니까."

비호는 무슨 소리냐는 듯이 텐을 바라보았다.

"지구인들이 왜 이 투어에 온다고 생각해?"

"그야……."

비호는 곧 말문이 막혀 버렸다. 관심을 갖고 생각해 본 적이 없었기 때문이다.

"흔히 지구인들이 쓰레기라고 부르는 인간들이 미엔인 부인이나 남편, 이웃들에 의해 이 투어에 보내져. 하지만 그들은 다시는 이곳에서 나가지 못해. 집으로 돌아가는 사람은 그 인간의 기억과 신체를 그대로 복제한 미엔인이지. 그렇게 살아남은 미엔인들은 지구에서 생존하고 종족을 번식해. 그러면서 지구는 위협적이고 유해한 인간들을 다루는 데 너무 관대하다고, 자신들이 인류를 위해 청소해 주는 것이라고 말하지."

"사실 맞는 말 아냐? 알렉스만 해도 자신이 뭘 잘못했는지 모르고 어른이라고 띄워 주니까 우쭐거리는 것 좀 봐. 역겨워."

그때였다.

"이게 다 무슨 소리야? 지구인은 뭐고, 미엔인은 또 뭐야?"

비호는 깜짝 놀라 소리 나는 쪽으로 고개를 돌렸다. 알렉스였다.

"지금 무슨 소리를 하고 있는 거야? 너희, 뭐야?"

비호가 당황해 횡설수설하며 말을 늘어놓았다.

"알렉스, 진정하세요. 잠도 안 오고 심심해서 저희끼리 그냥 지어낸 이야기예요. 생각해 보세요. 이 지구에 외계인이 있다는 게 말이 돼요? 우리도 당연히 인간이죠!"

텐이 자리에서 느릿느릿 일어나며 입을 열었다.

"맞아요, 난 지구인이에요. 정확히 말하면 반은 미엔인이고요."

비호가 놀란 얼굴로 텐을 바라보았다.

"그래, 난 아빠가 미엔인이고 엄마는 지구인이야."

알렉스가 공포에 질려 소리쳤다.

"이 새끼들이 누굴 바보로 알아? 아라가 너희를 보낸 거지? 처음부터 이상했어. 아라가 위자료는 한 푼도 필요 없다고, 이 투어에 다녀오기만 하라고 했을 때부터 느낌이 좋지 않았다고. 그래, 아라는 뭔가 다른 사람들하고 달랐어. 아무리 두들겨 패고 위협해도 도망가지 않더라고. 왜 그랬을까? 이날을 기다렸던 거야. 날 죽이려고 말이야!"

"진정해요, 알렉스. 우리는 당신을 죽이지 않아요!"

비호가 아무리 말해도 알렉스는 듣지 않았다. 이미 이성을 잃은 것 같았다.

"난 갈 거야. 당장 이곳에서 나갈 거라고!"

그러고는 컴컴한 숲으로 꽁무니가 빠지게 줄행랑쳤다. 텐은 도망치는 알렉스를 그저 바라보기만 했다.

"야! 알렉스가 저렇게 나가 버리면 우리가 미엔인인 게 다 들통나잖아! 어떻게 좀 해 봐."

"알렉스도 생각할 시간이 필요할 거야."

"저런 인간에게 무슨 생각? 너, 지금 지구인이라고 인간 편을 드는 거야?"

"난 지구인이기도 하지만 미엔인이라고!"

텐의 목소리가 어둠 속에서 길게 메아리쳐 울렸다.

비호는 알렉스가 도망친 검은 숲을 불안한 눈으로 바라보았다. 휴대폰이 있으면 당장 부모님께 전화해서 어떻게 해야 하냐고 물어보기라도 할 텐데. 깊은 숲속이라 통신이 안 된다는 말에 가지고 오지 않았다.

비호는 혼자서라도 알렉스를 잡으러 가야 하는 게 아닌지 잠깐 고민했다. 하지만 이 밤에 저 어두운 숲으로 들어갈 용기가 나지 않아 그만두었다.

텐은 산장 입구 한쪽에 몸을 웅크린 채 잠이 들었지만 비호는 잠이 오지 않았다. 침낭 속에서 몸을 뒤척이며 자신이 왜 이곳에 왔는지 떠올렸다.

어젯밤 엄마 아빠는 비호를 시내 야시장으로 데리고 나갔다. 이곳에 온 뒤로 엄마 상태가 눈에 띄게 나빠졌다. 엄마는 후텁지근하고 습한 이곳 날씨를 힘들어했다. 호텔 침대에 누워 진통제를 비롯해 이름 모를 약을 한 움큼씩 입안에 털어 넣었다. 아빠는 왜 아픈 엄마를 이 먼 곳까지 데려온 걸까? 비호는 불쑥불쑥 화가 났다.

호텔에서 나오자 거리를 따라 노점상들이 줄지어 서 있었다. 노란 알전구들이 휘황하게 불을 밝힌 거리는 관광객과 현지인들로 붐볐다. 야시장의 형형색색 전등과 각종 장식품들이 손님들 시선을 사로잡았고 호객 행위를 하는 왁자지껄한 소리로 활기가 넘쳤다. 내내 호텔에만 있다 밖으로 나와서인지 엄마 얼굴이 한결 밝아졌다. 그런데 엄마와 달리 아빠는 어딘지 불안하고 조급해 보였다.

부모님 뒤를 따라 걷던 비호가 각양각색 코끼리며 원숭이 나무 조각상 앞에서 걸음을 멈추었다. 그중 가장 눈길을 끈 것은 세 마리 원숭이 조각상이었다. 원숭이 조각들을 집어 들자 노점상 주인이 의자에서 일어났다.

"나쁜 것은 보지도, 말하지도, 듣지도 말라는 뜻이 담긴 조각상이지요."

정교하게 잘 깎아 만든 짙은 갈색 원숭이들은 각기 조금씩 모양이 달랐다. 한 원숭이는 커다란 입을 꾹 다물고 있고, 한 원숭이는 귀를 감싸고 있으며, 또 다른 원숭이는 커다란 손으로 눈을 가리고 있었다.

"비호야, 그만 가자."

노점상 주인을 의식하며 아빠가 비호 옷자락을 거칠게 잡아끌었다. 그러고는 비호를 앞세워 야시장 깊은 골목으로 들어갔다.

아빠는 트레킹 용품 가게에서 배낭과 침낭, 비옷, 그리고 모기약과 밀림에서 필요한 물품들을 구입했다. 그때까지 비호는 그것들이 자기 것인지 몰랐다.

필요한 물건을 다 구입한 뒤 세 사람은 골목 안 한적한 식당으로 들어갔다. 가게 안은 조용하다 못해 천장에서 돌아가고 있는 선풍기 소리만이 윙윙거렸다.

아빠가 얼음이 든 물을 단숨에 들이켜고는 무겁게 입을 열었다.

"비호야, 네가 엄마를 위해 내일 숲으로 들어가서 가지고 와야 할 것이 있어. 2박 3일이면 된다. 걱정 마. 너 혼자만 가는 건 아니야. 가이드가 있어. 가이드를 따라 숲으로 들어가 필요한 걸 이야기하면 너에게 줄 거야. 그러면 넌 그걸 데리고 나오기만 하면 돼."

비호는 아빠가 무슨 소리를 하는지 이해할 수 없었다. 또 무슨 캠프에 참여하라는 말인지도 모른다. 대학 교수인 엄마 아빠는 방학 때마다 비호를 영어 캠프는 물론 세계적 리더들과 함께하는 글로벌 리더십 캠프, 발명 멘토와 공동 연구를 한다는 발명 캠프, 유명한 경제학자와 함께하는 비즈니스 캠프 등에 보내곤 했다. 비호가 가겠다 안 가겠다 선택을 할 수 없었다. 엄마 아빠는 비호가 평범한 교육만 받아 인간들처럼 멍청해져 가고 있다고 걱정했기 때문이다.

"제가 뭘 데리고 나와야 하는데요?"

아빠가 주위를 한번 둘러보고는 목소리를 낮췄다.

"원인간. 네 엄마 원인간을 데리고 나오면 돼. 그러면 나머지는 아빠가 다 알아서 할 테니까."

엄마를 살릴 수만 있다면 못 할 일이 없었다. 한편으로 걱정이 밀려들기도 했다.

"그런데 원인간이 안 가겠다고 하면 어떡해요?"

비호는 차마 무섭다는 말을 하지 못했다. 아빠는 언짢은 듯 미간을 찌푸렸다.

"내가 그랬지? 넌 인간 교육을 너무 많이 받고 자랐다고. 이렇게 나약해서야, 원. 이참에 우리가 얼마나 우수한 종족인지 가서 네 눈으로 똑똑히 보고 오거라!"

며칠 새 부쩍 야윈 손으로 엄마가 비호 머리를 쓰다듬었다.

"비호야, 그건 걱정하지 마. 원인간은 자신이 인간이었다는 기억을 다 잊고 낙원과 같은 그곳에서 살고 있어. 모든 것이 충족되는 그곳을 떠날 이유도, 의욕도 잃은 채 말이야. 네가 필요한 걸 가이드에게 말하면 그들이 알아서 인간의 기억을 조작해 줄 거야. 넌 그저 원인간을 데리고 나오기만 하면 돼. 미안하다. 이런 일을 너에게 맡겨서. 엄마나 아빠는 그곳에 갈 수가 없어서 그래."

아빠가 굳은 목소리로 말했다.

"예전에 지구 생활에 적응하지 못한 미엔인이 이곳으로 돌아온 적이 있었어. 그런데 원인간이 자신과 똑같이 생긴 미엔인을 보자마자 발작을 일으키며 쓰러졌어. 깨어났을 땐 인간으로 살았던 기억을 다 떠올리고 말았지. 그러고는 기억을 조작할 새도 없이 도망쳐 버렸어."

아빠는 생각하기도 싫다는 듯 몸을 떨었다. 비호가 놀라 물었다.

"그래서 원인간은 어떻게 됐는데요?"

엄마가 마른침을 삼키며 목소리를 낮췄다.

"숲을 빠져나가지 못하고 낭떠러지에서 떨어져 죽었단다. 그래서 엄마 아빠는 그곳으로 돌아갈 수 없어. 원인간이 우리를 보고 예전 기억을 떠올리기라도 한다면 다시 돌아올 수 없을 테니까."

다음 날 아침, 텐과 비호는 다시 길 위에 올랐다. 사람 키를 훌쩍 넘길 정도로 높이 자란 드넓은 옥수수밭을 가로지르자 이번에는 울창한 숲이 펼쳐졌다. 깊고 넓은 강물은 바닥이 훤히 보일 정도로 맑았고 이름 모를 산새들 울음소리가 소란스러웠다. 멀리서 폭포 소리도 들렸다. 땀으로 젖은 등에 한 줄기 시원한 바람이 스쳤다. 어쩐지 이곳은 지금까지 지나왔던 곳과는 많이 달라 보였다.

텐이 언덕 위에서 걸음을 멈췄다. 비호는 성큼성큼 텐 옆으로

가 언덕 아래를 내려다보았다. 좁은 협곡 사이로 크고 작은 폭포들이 햇살에 반짝거리며 아래로 떨어졌다. 그 아래 계곡에서 사람들이 물놀이를 하며 까르륵 웃음을 터뜨렸다.

피부색이나 나이가 다른 사람들이 한데 어울려 넓은 바위에 드러누워 햇볕을 쬐고, 굵은 덩굴로 만든 그네에 매달린 채 바람을 탔다. 폭포 물살이 햇살과 부딪치며 만들어 낸 무지개는 아름다웠고, 투명하고 맑은 물 아래 물고기들이 무리 지어 유영하는 모습은 평화로웠다. 비호 눈이 휘둥그레졌다.

"와, 이렇게 멋진 곳일 거라고는 생각지도 못했어."

입에서 감탄사가 저절로 흘러나왔다. 텐이 언덕 아래를 내려다보며 말했다.

"글쎄, 네가 생각하는 만큼 멋진 곳은 아닐 거야."

이제 텐의 안내 따윈 필요 없었다. 비호는 서둘러 언덕을 내려왔다.

비호의 등장에도 사람들은 놀라지 않았다. 천진난만한 미소를 지으며 손을 흔들거나 인사말을 건넸다. 비호는 모든 게 신기했다. 한때 다른 사람들에게 폭력을 가하고 사회에 해만 끼쳤던 사람들이 아무 거리낌 없이 어울리는 건 물론이고, 하나같이 행복해 보이는 얼굴로 웃고 있는 것도 낯설었다.

"따라와. 네가 머물 곳을 안내해 줄게."

무슨 일인지 텐이 걸음을 재촉했다.

"뭐 해, 빨리 와. 이쪽이야!"

비호는 조금 더 이곳을 구경하고 싶기도, 젖은 배낭을 내려놓고 물놀이를 하고 싶기도 했다.

그때 건너편 호숫가에 낯익은 얼굴이 눈에 들어왔다. 비호 눈이 저절로 커졌다. 엄마였다! 엄마 원인간을 데리러 이곳에 오긴 했지만 막상 두 눈으로 확인하니 머리카락이 쭈뼛거리며 소름이 돋았다. 비호는 고개를 숙인 채 힐끔거리며 엄마 원인간을 살폈다. 엄마와 똑같이 생기긴 했지만 원인간이 훨씬 젊고 건강해 보였다.

그런데 비호를 발견한 원인간의 표정이 딱딱하게 굳어 갔다.

'어, 이상하다. 엄마 원인간은 날 알아보지 못해야 하는데…….'

등줄기가 서늘한 게 느낌이 좋지 않았다. 한낮의 햇살이 강물에 부딪혀 날카롭게 눈을 찔러 댔다. 비호는 눈살을 찌푸리며 발아래 물속을 내려다보았다.

순간 숨이 멎는 것 같았다. 비호와 똑같이 생긴 사람이 물속에서 비호를 올려다보고 있었던 것이다. 그러더니 참았던 숨을 푸하하하, 내뱉으며 순식간에 물 위로 모습을 드러내고는 호기심 가득한 얼굴로 물속에서 걸어 나왔다. 비호는 주춤거리며 뒷걸음질쳤다. 다리가 후들거려 발을 옮기기조차 힘들었다. 그러다 그만 발을 헛디뎌 강물에 빠지고 말았다.

생각보다 깊은 물속에서 비호는 다리를 버둥거렸다. 수영을 할 줄 알지만 이상하게 몸이 뻣뻣하게 굳어 움직일 수가 없었다. 순식간에 물고기들도, 반짝이던 햇살도 사라져 버렸다. 짙은 구름이 드리워진 물 밖에선 사람들이 표정 없는 얼굴로 자신을 내려다보고 있었다.

숨이 막혔다. 아무리 다리를 저어 위로 올라가려고 해도 몸이 앞으로 나아가지 않았다. 기다란 수풀이 팔다리를 휘감아 꼼짝달싹하지 못하게 했다. 억지로 몸을 비틀며 벗어나려고 했지만 수풀에 더 얽힐 뿐 빠져나올 수 없었다. 비호 눈에서 흘러나온 눈물이 은빛 물방울이 되어 수면 위로 올라갔다.

그때 잔잔하던 물결이 요동치듯 뒤흔들리기 시작했다. 텐이 물살을 가르며 헤엄쳐 오고 있었다. 비호는 텐을 향해 힘껏 손을 뻗었다. 하지만 좀처럼 거리가 좁혀지지 않았다. 더 이상 숨을 참을 수 없게 되자 순식간에 물이 코와 입안으로 마구 밀려들었다. 아무리 토해 내도 쏟아져 들어오는 물을 뱉어 낼 수 없었다. 비호는 물을 잔뜩 먹은 채 끝도 없이 아래로 가라앉았다.

다시 눈을 떴을 때 비호는 커억커억 가쁜 숨을 몰아쉬었다. 노란 불빛이 어른거리는 낯선 천장을 바라보다 지끈거리는 머리를 감싸며 힘겹게 몸을 일으켰다. 몸이 물을 잔뜩 머금은 스펀지처럼 무거웠다.

꿈이 아니었다. 자신과 똑같이 생긴 원인간이 이곳에 있었다! 엄마 아빠는 여기에 자신의 원인간이 있다는 걸 몰랐던 걸까? 몰랐을 거라고 믿고 싶었다. 알았더라면 비호를 보내지 않았을 것이다.

인간 모습을 그대로 복제했기에 미엔인이라면 누구나 자신의 원인간이 이곳에 있다는 걸 알고 있다. 미엔인이 가장 피하고 싶은 상황이 원인간과 마주치는 것이다. 원인간이 자신과 똑같이 생긴 존재를 보는 순간, 발작을 일으키며 예전 기억을 떠올리기 때문이었다. 그렇지만 비호는 원인간을 복제한 게 아니라, 미엔인 부모 사이에서 태어났다. 한마디로 여기에 자신과 똑같은 인간이 있을 리가 없다는 말이다.

스탠드 불빛이 방 안을 훤히 비췄다. 사방이 나무로 만들어진 좁은 방 안에는 침대와 스탠드가 놓인 협탁 하나만 있을 뿐이었다. 빗장이 채워진 작은 창문은 있지만 문이 없었다. 비호는 놀라 자리에서 황급히 일어났다.

그런데 바닥에서 무슨 소리가 들렸다. 텐이 바닥에 있는 나무문을 열고 불쑥 고개를 내밀었다. 집은 이층 목조 건물이었고 활짝 열린 바닥 문 아래로 기다란 나무 사다리가 내려다보였다.

"일어났네. 배고플 텐데 뭘 좀 먹어야지."

텐은 볶음밥이 담긴 접시를 들고 있었다. 비호는 지금 음식 따위에 신경 쓸 때가 아니었다.

"너도 봤어? 내 원인간 말이야."

비호가 새파랗게 질린 입술로 질문을 퍼부었다.

"내 원인간이 나를 봤으니까 예전 기억이 돌아왔으면 어쩌지? 그럼 난 어떻게 되는 거야? 여기서 영영 못 나가는 거야?"

텐이 접시를 협탁 위에 내려놓으며 말했다.

"이런 경우는 흔치 않아서 말이야. 카이와 넌 태어나기 전 엄마 배 속에 있을 때 복제됐대. 아, 카이는 아까 네가 만난 애 이름이야. 너무 걱정하지 마. 태아일 때 복제돼 돌아올 기억 같은 건 없어 보이니까."

텐이 표정을 알 수 없는 얼굴로 비호를 바라보았다.

비호는 지금 텐이 무슨 말을 하고 있는지 이해할 수 없었다.

"태아 때 복제됐다니? 그게 무슨 소리야?"

"원인간이 임신한 상태였던 걸 모르는 채로 복제된 거래. 그리고 너희 둘 다 각자 부모님 아래 태어나 성장했던 거고."

"넌 내 원인간이 여기에 있다는 걸 처음부터 알고 있었지? 근데 왜 말하지 않았어? 왜?"

"엄마를 살리기 위해 이곳에 왔다고 하지 않았어? 그런데 지금은 아닌 모양이지?"

비호는 대답하지 못했다. 엄마 원인간을 데려가지 못하는 것은 물론이고 이젠 자신도 이곳을 빠져나갈 수 있을지 장담할 수 없게 됐다. 자신의 원인간을 이곳에서 보게 될 줄은 상상도 하지 못했다. 그것도 비호가 태어나기 전에 엄마 배 속에서부터 복제된 인간이라니! 자신과 키는 물론 생김새까지 똑같은 원인간을 마주한 순간, 뭐라고 표현할 수 없는 묘한 감정에 휩싸였다. 비호는 이런 마음을 들키지 않으려 일부러 큰소리쳤다.

"인간 주제에 네가 뭘 안다고 그래!"

"네가 미엔인인 건 확실한 거야?"

비호가 애써 떨리는 목소리를 누르며 물었다.

"그게 무슨 뜻이야?"

"미엔인들이 왜 굳이 기억까지 조작해 가며 원인간을 살려 둔다고 생각해? 미엔인들은 인간을 함부로 죽이지 않아. 한 존재가 죽으면 우주가 하나 사라진다고 믿으니까."

이 이야기는 비호도 알고 있었다. 미엔인들은 비록 지구에 정착하고 빠르게 적응하기 위해 지구인의 삶을 훔치긴 했지만 차마 죽일 수는 없었다고 했다.

"내가 일곱 살 때, 인간 세계에 적응하지 못한 미엔인이 이곳으로 돌아왔어. 지구인이었던 엄마는 자신과 똑같이 생긴 미엔인을 본 순간, 발작을 일으키며 쓰러지고 말았어. 그리고 깨어났을 땐 인간으로 살았던 예전 일들을 다 기억해 냈지. 엄마는 미엔인을 사랑해서 아이를 낳았다는 걸 인정하지 않았고 결국 몰래 혼자 도망쳐 버렸어."

텐이 차가운 표정으로 말을 이었다.

"엄마가 그렇게 도망치지만 않았더라면 숲에서 길을 잃지 않았을 거고 무사히 여길 나갈 수 있었을 거야. 물론 기억은 조작했겠지만 말이야."

비호는 야시장 식당에서 아빠가 했던 말을 떠올렸다. 지구 생활에 적응하지 못한 미엔인이 돌아오는 바람에 기억이 되살아나 도망치다 죽었다는 원인간이 그럼……. 텐 엄마인 걸까?

"엄마는 다정한 성격은 아니었지만 나를 사랑한다고 말했고 나도 엄마를 사랑했어. 그런데 기억이 돌아온 후 엄마는 나를 가까이 오지도 못하게 했지. 난 이해할 수 없었어. 엄마에게 나는 인간이 아니라는 이유로 그저 괴물일 뿐이었던 걸까?"

텐이 나를 힐끗 바라보다 말을 이었다.

"난 항상 궁금했어. 왜 하필 내가 지구인과 미엔인 사이를 오가는 가이드 역할을 해야 하는지 이해할 수 없었지. 근데 이제 알 것 같아. 그들은 내가 인간들이 얼마나 어리석고 잔인한 존재들인지 똑똑히 보길 원했던 거야."

비호가 텐을 와락 붙잡으며 물었다.

"텐, 너 어젯밤 기억하지? 네가 알렉스에게 당하고 있을 때 난 보고만 있지 않았어. 왜냐면 넌 미엔인이니까! 이번엔 네가 나 좀 도와줘. 내가 여기서 무사히 나갈 수 있게 말이야."

비호는 텐이 물에 빠진 자신을 구해 준 걸 알면서 고맙다는 말은커녕 이곳을 나갈 수 있게 도와 달라고 매달리는 자신이 뻔뻔하게 느껴졌다. 하지만 이것 외엔 다른 방법이 생각나지 않았다.

텐이 바닥 문을 열며 싸늘한 목소리로 말했다.

"여기서 무사히 나가고 싶다면 날이 밝자마자 강으로 나와. 인간인 주제에 신세를 지는 건 나도 싫어서 말이야."

비호는 텐이 사라진 바닥 문 아래를 내려다보았다. 한 치 앞도 보이지 않는 깊은 어둠이 낮게 깔려 있었다. 비호는 빗장이 채워져 있는 나무 창문을 열었다. 멀리서 들리는 새 울음소리만이 낯선 밤공기를 요란하게 흔들어 댔다.

비호는 왜 미엔인들이 원인간을 직접 만나지 않는지 진짜 이유를 알 것 같았다. 자신의 원인간이 이유도 모른 채 엄마를 잃어야 한다고 생각하니 알 수 없는 분노가 치밀어 머리가 깨질 것처럼 아팠다.

차라리 원인간을 만나지 않았더라면, 이름조차 몰랐더라면……. 그랬더라면 이렇게까지 죄책감이 들지는 않았을까? 이런 감정은 비호에게 무척이나 낯설었다. 어쩌면 엄마 아빠 말대로 비호는 인간들이 받는 교육을 너무 많이 받고 자랐는지도 모른다.

더 이상은 생각하고 싶지 않아 입을 꾹 다문 채 손으로 귀를 막고 눈을 질끈 감았다. 악몽과 같은 이 시간이 지나고 날이 밝기만 하면 엄마 원인간을 데리고 이곳을 빠져나갈 것이다. 그런데 왜 자꾸만 야시장에서 봤던 원숭이 조각상이 떠오르는지 알 수 없었다. 자신이 마치 눈, 귀, 입을 가린 원숭이 같았다.

창밖으로 날이 희뿌옇게 밝아 오자 비호는 사다리를 타고 아래로 내려갔다. 강 하류에는 텐이 기다리고 있었다. 비호는 텐을 따라 첨벙첨벙 강으로 걸어 들어갔다. 살랑거리는 물살이 다리를 간지럽혔다. 대나무를 엮어 만든 평평한 뗏목에 눈에 익은 한 사람이 앉아 있었다.

알렉스였다. 강물을 빤히 내려다보고 있던 알렉스가 고개를 들어 비호를 바라봤다. 그런데 마치 처음 보는 사람처럼 눈빛이 낯

섰었다. 알렉스가 뗏목에 오르려는 비호에게 손을 내밀었다.

"자, 내 손을 잡고 올라와요."

비호는 잠시 주춤거리다 손을 마주 잡았다. 알렉스가 부드러운 미소를 지어 보이며 비호를 끌어당겼다. 순간 비호는 알렉스가 미엔인이라는 걸 알아차렸다.

텐이 물속에서 뗏목을 밀며 말했다.

"이제 출발할게요."

비호는 놀라 주위를 두리번거렸다. 어디에도 엄마 원인간은 없었다.

"텐, 엄마 원인간은 어디 있어? 원인간 없이 나 혼자선 돌아갈 수 없어. 우리 엄마 이렇게 죽으면 안 돼!"

비호의 목소리가 건너편 산에 부딪혀 길게 메아리쳐 울렸다.

"진정해, 비호. 무사히 집으로 돌아가고 싶다고 한 사람은 바로 너야."

비호는 주먹을 움켜쥔 채 자리에서 벌떡 일어났다. 이대로 혼자 돌아갈 수는 없었다.

텐이 뗏목으로 훌쩍 뛰어오르더니 비호 어깨를 힘주어 잡았다.

"지구에 적응하지 못하고 미엔인이 돌아오면 말이야. 기억이 조작된 채 여기를 나간 원인간은 어떻게 살고 있을 것 같아?"

비호는 거친 숨을 몰아쉬며 텐을 노려보았다.

"그들은 자신이 미엔인이라고 믿고 있어. 바로 너와 네 부모님처럼 말이야."

비호가 몸을 돌려 강 건너편을 바라보았다. 그제야 텐이 했던 말들이 무슨 의미였는지 알 것 같았다. 아니, 어쩌면 이미 알고 있었는지도 모른다. 애써 못 들은 척 귀를 막고 눈을 감은 채 보지 않으려 했을 뿐이었다.

엄마 아빠는 물론 비호는 인간이었기에 자신들만이 선택된 존재들이라는 우월감이나 혐오감 같은 감정을 느꼈던 것이다. 게다가 필요에 따라 얼마든지 다른 인간을 죽일 수 있다고 여겼다. 가슴 밑바닥에서부터 뜨거운 것이 꾸역꾸역 밀려 올라왔다. 비호는 뗏목 가장자리로 기어가 더 이상 나올 것이 없을 때까지 속엣것을 다 토해 냈다.

텐이 기다란 대나무 막대로 노를 젓기 시작했다. 뗏목은 강을 따라 천천히 흘러갔다. 눈부신 햇살이 강물 위로 쏟아져 내렸다. 햇살이 너울거리며 비호 얼굴 위에서 반짝거렸다.

커다란 검은 나비 한 마리가 나풀거리며 알렉스를 향해 날아왔다. 알렉스는 조심스럽게 손을 뻗었다. 나비는 도망가지 않고 알렉스 손가락 위에 앉아 가만히 날갯짓을 했다.

어느새 뗏목이 물살을 타기 시작했다. 텐이 노를 내려놓고 창백한 얼굴로 주저앉아 있는 비호에게 다가갔다.

"난 태어나서 지금까지 한 번도 이 숲을 벗어난 적이 없어. 궁금해. 네가 온 세상은 어떤 곳이야?"

비호는 텐을 올려다봤다. 텐의 눈빛 속에 낯선 곳에 대한 두려움과 설렘이 교차했다. 바로 얼마 전 자신의 눈빛과 같았다.

"네가 생각하는 만큼 멋진 곳은 아닐 거야."

텐이 비호 어깨를 툭 치며 웃었다.

하지만 비호는 웃지 않았다.

유로파

나는 차갑고 깊은 물속을 자유롭게 유영하고 있다. 빛이 희뿌옇게 어룽거리는 이곳은 편안했고, 물에 대한 공포 같은 건 느껴지지 않는다. 어쩐 일인지 물속인데도 숨을 쉬기가 힘들지 않다. 물고기처럼 내 몸 어딘가에 아가미가 있는지 모를 일이다.

그런데 어디선가 목소리가 들리기 시작했다.

"룻……."

어렴풋이 누군가 '룻'을 부르는 소리가 들렸다. 귓속에 물이 가득 차서인지 우웅웅웅거릴 뿐 명확하게 들리지는 않았다. 그러더니 무언가가 내 몸을 억지로 잡아당겼다. 갑자기 몸이 물 위로 떠오르는 게 느껴졌다.

"린, 제 말이 들리나요?"

정신을 차리는 데는 오랜 시간이 걸리지 않았다. 나는 지금 동면에서 깨어난 것이다. 발가락과 손가락 끝으로 전해지는 차가운 기운에 몸이 저절로 떨렸다.

"박사님, 제 말이 들리면 손가락을 한번 움직여 보세요."

소리는 점점 더 또렷하게 들렸다. 나는 목소리를 따라 천천히 손가락을 움직여 보았다. 뭔가 이상했다. 분명 뇌가 움직이라고 명령하고 있었지만 손가락은 뻣뻣하게 굳어 반응이 없었다. 섬뜩함이 밀려들었다. 드렉스럴 박사는 내가 영하 210도 냉동 상태에서 깨어나면 나노미터 크기의 로봇이 인체 조직 속을 돌아다니며 손상된 세포와 조직들을 원상 복귀해 줄 거라고 했는데…….

"드디어 깨어나셨네요. 제 이름은 윤호입니다. 닥터 윤이라고 불러 주세요. 박사님을 만나 뵙게 돼서 영광이에요. 아, 아직 직접 뵌 건 아니네요. 짐작하시겠지만 지금 박사님 뇌에 전극을 연결해 대화를 하고 있습니다."

닥터 윤의 목소리가 미세하게 떨렸다. 그가 나직이 웃고 있는 것만 같았다.

"박사님, 동면을 하신 지 85년이 흘렀어요."

"85년요? 그럼 지금까지 한 번도 유로파 탐사를 가지 않았다는 건가요?"

"역시 대단하시네요. 자신의 몸보다 유로파 행성 탐사부터 걱정하시고요. 박사님과 '룻' 덕분에 더 이상 유로파에 탐사선을 보낼 필요가 없게 되었죠. 그런데 최근 유로파에 이상한 현상들이 잇달아 일어나고 있습니다. 목성을 돌고 있던 인공위성을 통해 유로파 물속에서 생명체들 움직임이 포착됐어요. 생물학자들은 조심스럽게 룻이 생존해 있을지 모른다고 이야기하고 있습니다."

"룻이…… 살아 있다고요?"

"아직 확실하지 않습니다. 그래서 박사님을 깨웠고요. 박사님 도움이 필요합니다. 룻이 80년 넘게 유로파에서 생존했다면 인류에게는 아주 희망적인 일이에요."

무분별한 핵 사용과 환경 오염, 그로 인한 식량난과 기아로 고통스러워하던 지구는 인류 이주지로 물과 얼음으로 뒤덮인 유로파 행성에 희망을 걸었다. 하지만 80여 년 전 처음으로 유로파를 탐사했을 때는 아무것도 없었다. 5킬로미터 두께의 얼음 밑, 수백 킬로미터 아래의 물속에서는 어떤 생명체도 발견할 수 없었다.

"룻이 아직 살아 있을지 모른다니…… 믿을 수가 없어요."

뇌파가 불규칙적으로 움직이는지 희미하게 경고음이 들렸다.

"진정하세요, 박사님. 자세한 얘기는 수술 후 다시 말씀드리죠. 박사님의 뇌를 깨운 건 수술 동의가 필요해서입니다. 박사님이 살았던 80년 전에는 생물학적인 신체가 중요했겠지만 지금은 얼마든지 인공 장기로 교체 가능하죠. 이런 말이 어떻게 들리실지 모르겠지만 그 당시라면 박사님은 3개월도 못 사셨을 거예요. 유로파 탐사에서 강한 방사선에 노출된 데다 불완전한 동면으로 몸속 장기는 물론 피부 조직 대부분이 손상됐어요. 하지만 지금은 모두가 반영구적으로 교체 가능합니다. 제 뇌는 이미 인공 지능과 결합한 사이보그예요. 그렇다고 흉측한 기계 인간은 아니에요. 그냥 평범한 인간이죠."

닥터 윤의 말투는 경쾌했다. 지금 나에게 닥친 불행 따윈 아무렇지 않다는 듯 무심하게 내뱉은 말 속에 확신 같은 게 느껴질 만큼.

"미래 모습은 짐작하고 있었어요. 그럼 내 신체 모두 다 기계로 바뀌는 건가요? 뇌까지?"

"그건 박사님 선택에 달렸어요. 완벽한 기억을 갖고 있는 뇌까지 인공 지능으로 교체 가능합니다."

"어떻게 그게 가능하죠?"

나도 모르게 짧은 감탄사가 새어 나왔다. 인류가 80여 년 만에 이뤄 낸 성과치고는 대단히 놀라웠다.

"이 모든 게 다 박사님처럼 위대한 과학자들이 이루어 낸 거예요. 우리 후손들은 그 혜택을 받고 있는 거고요."

닥터 윤이 나를 위대한 과학자라고 말하는 게 불편했다. 위대한 과학자는 마리아나 해구 탐사에서 인류 기원을 밝혀내려 했던 어머니 같은 사람일 것이다.

세계적으로 유명한 해양 생물학자였던 어머니는 인류 기원을 심해 생물에서 찾을 수 있을 거라는 확신을 갖고 있었다. 난 어머니를 실제로 만난 것보다 텔레비전이나 언론에서 더 많이 접했다.

어머니와 아버지는 뉴욕에 있는 대학교에서 만났다. 어머니는 해양 생물학 박사 과정 중이었고 아버지는 생리 의학 박사 과정 중이었다고 했다. 아시아 북방계와 남방계의 혼혈 민족이자 생물학적으로는 황인, 사회학적으로는 한국인인 어머니와 유럽과 아프리카 혼혈 민족이자 생물학적으로는 백인과 흑인의 혼혈, 사회학적으로는 미국인인 아버지 사이에서 태어난 나는 미국인이기도 하고 한국인이기도 했으며 황인이자 백인, 흑인이기도 했다.

어머니에 대한 내 추억은 거의 영상이나 사진 속에서만 존재한다. 갓난아기인 나에게 젖을 물리며 한국어로 자장가를 불러 주던 부드럽고 나직한 목소리, 나를 배 위에 올려놓은 채 잠든 어머니 얼굴, 걸음마를 막 시작한 내 손을 잡고 이름을 부르며 목소리를 높이던 뒷모습…….

과학자이자 탐험가였던 어머니는 내가 일곱 살이 되자 술라웨시 심해, 마리아나 해구, 갈라파고스 등으로 해양 탐사를 떠났다.

그리고 십여 년 동안 집에는 간간이 들러 며칠씩 머물렀을 뿐, 항상 바쁘게 어딘가로 떠났다. 내가 해양 생물학 박사 학위를 받던 스무 살 그해, 어머니는 마리아나 해구 탐사 40일 제10차 탐사에서 잠수정 '룻'이 침몰하는 사고가 발생해 결국 집으로 돌아오지 못했다.

방송에는 연일 어머니가 남긴 논문들과 세계 각지 심해에서 발견한 암석, 채취해 온 해양 생물들의 사진과 영상들이 오르내렸다. 어머니는 인류 기원이 우주에서 온 생명체에 의해 시작되었다고 주장했다.

그 주장을 뒷받침할 만한 생물을 마리아나 해구에서 발견했다. 엄청난 수압과 태양 복사열이 전달되지 않는 심해에서 발견한 이 생물은 극한 환경 속에서 오히려 세포를 젊게 되돌리는 유생 상태로 생존했다. 정확한 나이는 알 수 없지만 어머니는 수억 년 전부터 존재했던 생물일지 모른다고 생각했다. 그리고 그 심해 생물을 탐사 잠수정 이름을 따 '룻'이라고 불렀다.

내가 해양 생물학자가 되고 싶었던 건 어머니 때문이었다. 어머니는 집으로 돌아오면 나를 품에 안고 탐사 중 만났던 심해 속 바다 생물에 대한 이야기를 들려주었다. 어머니가 없을 땐 서재에서 몇 시간씩 책을 읽으며 나도 어머니와 같은 해양 생물학자가 되리라는 꿈을 꾸었다. 어머니는 나에게 존경하는 과학자이기 전에 또 하나의 세계였다. 그런 어머니의 죽음을 받아들이는 것은 견디기 힘든 끔찍한 고통이었다. 어머니가 아직 심해 탐사에서 돌아오지 않았다고 생각하려 했지만 그건 단지 회피일 뿐이었다.

어머니가 돌아가시고 내가 '룻'을 연구하겠다고 나섰을 때 많은 학자들이 반대했다. '룻'은 다른 과학자들에게 명예와 부를 안겨 줄 절호의 기회였기 때문이었다. 언론은 어머니와 같은 길을 가고 있는 나에게 호기심을 보였고 난 매스컴에 출연하며 영리하게 여론을 이용해 '룻' 연구를 따냈다.

나는 '룻'을 연구한다는 명분을 내세워 연구실에 틀어박혀 밖으로 나가지 않았다. 그러나 연구는커녕 실험실 한쪽 구석의 간이침대에 누운 채 어두운 천장을 바라보며 시간만 보내고 있었다. 룻을 데리고 오는 과정에서 했던 수많은 언론 인터뷰와 방송 출연에 지친 데다 알 수 없는 무력감에 시달리고 있었기 때문이다.

그러던 어느 날, 수족관에서 룻이 분주하게 물살을 가르는 소리에 겨우 간이침대에서 몸을 일으켰다. 짙푸른 조명 아래 어두운 수족관에서 룻이 같은 자리를 맴돌며 헤엄치고 있었다.

"미안해. 내 욕심에 너를 데려와 놓고 이 좁은 곳에 가둬 놔서……. 굳이 변명을 하자면 다른 연구실에 널 보낼 순 없었어. 다른 과학자들이 어떻게 동물 실험을 하는지 뻔히 아니까. 엄마에게 네가 어떤 의미인지 아는데……."

나는 차가운 수족관 유리에 가만히 손을 갖다 댔다. 룻은 내 손을 피하지 않고 커다란 초록색 눈을 밝히며 수족관 너머 나를 쳐다보았다.

"엄마 죽음을 헛되게 하고 싶지 않아 모든 방법을 동원해 너를 데려왔지만 사실은 엄마가 나를 얼마나 자랑스러워하고 대견해 할까, 그 생각밖에 없었어. 그런데 내 능력을 인정해 줄 유일한 존재가 이 우주에 없다는 사실을 난 여전히 받아들이지 못하겠어."

나는 천천히 입을 벌렸다.

"룻……."

룻도 동그랗게 입을 벌렸다 오므렸다. 그러자 투명한 공기 방울이 물 위로 떠올랐다.

"린……."

별안간 눈앞이 흐려지더니 입술 사이를 비집고 울음이 터져 나왔다. 나는 엄마를 잃은 어린아이처럼 그 자리에 서서 한참을 꺼이꺼이 울었다.

"룻, 너도 가족과 친구들이 있을 텐데 얼마나 보고 싶을까? 연구가 끝나는 대로 네가 태어나고 자란 곳으로 데려다줄게. 오래 걸

리진 않을 거야."

룻이 내 말을 알아들었다는 듯 천천히 긴 지느러미를 흔들었다.

그렇게 울고 나니 이젠 누군가에게 인정받기 위해서가 아니라, 나 자신을 위해서 살고 싶어졌다. 룻과 한 약속을 지키기 위해서라도 나는 다시 일어나야 했다.

크기가 인간 머리보다 조금 작고 몸 일부가 투명해 뇌가 훤히 다 비치는 초록색 튜브형 눈을 가진 룻은 어둠 속에서 스스로 빛을 내 먹이를 찾는 발광 생물이었다. 게다가 등지느러미나 비늘이 없고 꼬리지느러미와 긴 배지느러미만 있었다. 몸 전체에 근육이 없어 유영 능력이 부족할 것 같았지만 행동은 꽤나 민첩했다.

룻의 나이를 측정하는 건 생각보다 쉽지 않았다. 보통 나무의 나이테를 세는 것처럼 지느러미 비늘이나 골격 구조에서 석회화된 조직층을 헤아려 수명을 파악했지만, 룻은 비늘이 없는 데다 척추가 부드러워 측정 가능한 층이 축적되어 있지 않았다.

나는 룻의 수정체 한복판에 있는 방사성 동위 원소를 이용해 나이를 측정하기로 하고, 룻의 수정체 렌즈가 처음 형성되던 당시 바닷물 방사성 탄소 농도를 예측하는 연구를 계속 진행했다. 그 바람에 연구는 생각했던 것보다 길어졌고 무엇보다 룻을 고향으로 돌려보내 주겠다는 약속을 끝내 지키지 못했다.

"박사님, 어머니가 많이 보고 싶으시죠?"

닥터 윤의 목소리에 문득 정신을 차렸다. 내 생각을 다른 사람에게 낱낱이 읽히고 있다는 건 썩 기분 좋은 일이 아니었다. 나는 닥터 윤의 소리에 다시 정신을 집중했다.

"물론 생각할 시간이 필요하실 거예요. 박사님이 잠들어 있던 85년 동안 지구와 인류 변화 등에 대한 데이터를 공유할게요. 신중하게 생각해 보시고 수술 여부와 범위를 결정해 주세요."

내가 잠들어 있던 지난 시간이 머릿속에서 마치 영화 한 편을 보는 것처럼 이미지로 쉼 없이 흘러갔다. 예측했던 부분들도 있었지만, 생각지도 못했던 것들이 발전해 온 모습은 놀라웠다. 무엇보다 인류가 아직 이주할 만한 행성을 찾지 못한 건 안타까웠다.

그동안 핵전쟁과 그로 인한 기후 변화, 생태계 파괴 등으로 인류는 온갖 전염병으로 참혹한 죽음의 위기에 내몰려 있었다. 지구는 더 이상 생명의 땅, 인류가 보존하고 지킬 수 있는 곳이 아니었다. 메마르고 황폐해진 이 지구에서 적응하고 살아남아야 했던 인류는 병들고 손상된 신체를 잘라내고 반영구적인 사이보그로 교체할 수밖에 없었다.

그리고 나의 아버지. 생각했던 것보다 이른 아버지의 죽음은 충격이었다. 아버지는 내가 동면에 들어가고 얼마 후, 뇌종양이 발견

되어 3년을 홀로 투병 후 돌아가셨다. 홀로 남을 아버지에 대해 생각해 보지 않았다는 사실에 가슴이, 아니 뇌가 뒤틀리는 듯 머리 한쪽이 욱신거렸다.

"박사님, 아버님의 죽음은 정말 유감입니다. 발병 시기가 몇 년만 늦었어도 완치가 가능했을 텐데. 개인적으로 저도 참 안타깝게 생각하고 있습니다. 하지만 이렇게 인류가 암을 정복하고 죽음을 늦추며 인체 일부를 반영구적으로 바꿈으로써 장애를 없앤 건 모두 위대한 과학자들 덕분이었어요."

위대한 과학자, 이런 것들이 과연 무슨 의미가 있을까? 위대한 과학자의 딸로, 그런 어머니 유전자를 물려받은 영재로 대학을 조기 입학해 박사 학위를 받고 주위의 부러움을 샀지만 겨우 스물다섯 살에 신체 대부분을 잃게 생겼는데…….

"전 뇌에 초소형 전극을 삽입해 두뇌를 강화하는 걸 넘어 뇌 일부를 인공 지능으로 바꿨어요. 단순 기억력이나 계산 능력을 넘어서 박사님과 뇌파로 대화를 할 수 있는 것 또한 다 제 뇌의 인공 지능 덕분이에요. 전 만족합니다. 박사님과 언제 어디서든 자유롭게 대화를 나눌 수 있으니까요."

순간 등줄기가 움츠러들며 오싹한 기분이 들었다. 내 생각을 누군가 다 읽고 있으며 어쩌면 조종까지 할 수 있을지 모른다고 생각하니 무서웠다.

닥터 윤이 나직이 웃었다.

“박사님, 생각할 시간이 필요하실 것 같은데요. 궁금한 것이 있으면 언제든 저를 불러 주세요.”

“저기 잠깐만요!”

“네.”

“왜 저예요? 유로파에 가고 싶어 하는 사람이 분명 저 말고도 있었을 텐데.”

“박사님이 다시 유로파 탐사에 가게 되면 깨워 달라고 하셨고, 게다가…….”

닥터 윤은 잠시 말을 잇지 못했다. 그의 짧은 침묵 속에서 인류가 왜 지금 나를 깨웠는지 조금은 짐작해 볼 수 있었다.

“그래요, 그곳에 룻이 있으니까요.”

선택의 여지는 없었다. 룻이 살아 있다는 걸 확인할 수만 있다면 무슨 방법을 쓰든 깨어나야 했다. 몸 전체가 사이보그가 되더라도 말이다.

나는 또다시 긴 잠에 빠졌고 그동안 신체 대부분이 사이보그로 바뀌었다. 방사능으로 손상을 입은 장기는 위나 폐뿐만이 아니었고 자궁도 다 들어내야 했다. 불완전한 동면으로 인한 피부 괴사로 얼굴은 물론 손가락과 발가락 피부 이식 수술도 받아야 했다. 팔과 다리 또한 가볍고 내구성이 강하며 바닷물에 부식되지 않는 타이타늄 합금으로 바뀌었다.

"아이는 난자 없이 줄기세포를 이용해 배아를 만들 수 있어요. 배아는 인공 자궁으로 키울 수 있고요. 요즘은 몸 안에서 아기를 키우는 것보다 인큐베이터에서 인공 자궁으로 키우는 걸 더 선호해요."

유로파로 가는 우주 비행 일정이 10개월 뒤로 잡히며 각 분야 전문가들로 구성된 탐사대가 꾸려졌다. 나는 잠자는 시간을 제외하면 하루 대부분을 혹독한 재활 치료에 매달려야 했다. 닥터 윤이 담당 의사로 재활 치료까지 함께했다. 부모님이 모두 한국인이라는 그는 굉장히 매력적인 미소를 갖고 있었다. 나는 때로 그 특유의 낮은 웃음소리에 슬그머니 따라 웃곤 했다. 유로파로 가는 탐사선에 닥터 윤이 의사로 동승한다는 이야기를 들었을 땐 나도 모르게 한숨을 내쉬었다. 안도의 한숨이었다.

닥터 윤과 나는 80년에 가까운 나이 차에도 불구하고 제법 대화가 잘 통했다. 무엇보다 그는 다른 사람들과 달리 나를 다른 세계에서 온 사람으로 대하며 낯설어하거나 세대 차이에도 어려워하지 않았다. 오히려 장난기 가득한 얼굴로 나를 린 할머니라고 부르곤 했는데, 오래전에 잊힌 가수나 고전 음악을 좋아하고 철 지난 케케묵은 유머를 한다며 놀리곤 했다.

닥터 윤은 누구보다 먼저 뇌 일부를 인공 지능으로 바꿀 만큼 과학적 호기심이나 성과에 대한 욕심이 많은 사람이었다. 우리는 그런 부분에선 공통점이 많았다. 닥터 윤도 동의했다.

"어떻게 룻의 배지느러미 아래 생식기를 깔끔하게 떼어 냈는지, 당신이 했던 수술 영상을 보며 지금도 의사들이 감탄한다니까요. 로봇보다 더 정교한 솜씨를 갖고 있어요."

순간 떠올리고 싶지 않은 기억들이 밀려들었다. 차가운 수술대 위에서 불안하게 요동치던 룻의 푸른 눈동자. 나는 룻의 생식기를 떼어 내는 것을 강하게 반대했다.

어머니는 룻이 인간이 가장 두려워하는 죽음, 즉 생물학적인 한계가 존재하지 않는다는 것을 스스로 증명한 생명체라고 생각했다. 룻이 이미 수억 년 전부터 생존해 왔을 거라고 믿었다. 과학자들도 룻이 히드라나 말미잘 같은 유기체로 이루어져 있을 거라고 했지만 내 연구 결과는 그렇지 않았다.

생식기를 가진 룻은 암컷이었으며 수천 개 미토콘드리아를 가지고 있는 세포질을 통해 부모가 가지고 있는 특성이 유전되고 있음이 실험과 내 논문을 통해 세상에 밝혀졌다. 어머니가 생각했던 것처럼 인류 기원을 밝혀 줄 만큼 긴 수명은 아니지만, 포식자가 없는 한 인간과 비슷하게 100년 이상 생존할 수 있다는 것도.

더 이상 인류 기원을 밝혀 줄 신비로운 심해 생물이 아니게 된 룻은 사람들 머릿속에서 빠르게 잊혀져 갔다. 그러자 룻이 얼음과 물로 둘러싸인 유로파 탐사의 실험동물로 적합하다고 주장하는 일부 생물학자들의 목소리가 커졌다. 빛이 들지 않는 차갑고 어두운 유로파 심해에서 지구 생물인 룻이 어떻게 생존할 것인가는 우리 인간이 그 행성에서 살아남는 데 큰 영향을 미칠 것이었다.

혹시 모를 룻의 번식 가능성을 제거하기 위해 생식기를 떼어 내는 수술을 해야 했다. 나는 끝까지 반대했지만 다른 생물학자들 생각은 달랐다. 생명체 존재 여부를 모르는 상태에서 룻의 방생은 유로파 생태계에 상당한 혼란을 초래할 수 있다는 것이었다.

결국 그 수술을 내가 하겠다고 했다. 룻을 다른 사람 손에 맡기고 싶지 않았다. 룻에 대해선 나보다 더 잘 아는 사람이 없었다. 그 당시 나는 인류 이주가 가능한 행성 탐사라는 목적에만 사로잡혀 룻과 한 약속을 까맣게 잊고 있었다. 아니, 잊은 척했다.

탐사대는 룻을 유로파 심해에 방생함으로써 행성에 대한 모든 데이터를 끌어모았다. 역시 인류가 이주하기엔 혹독한 날씨, 인체에 치명적인 방사능이 문제가 됐다. 무엇보다 유로파에는 박테리아 같은 미생물만 존재한다는 것이 밝혀지면서 혹시 모를 생명체 존재에 대한 기대는 사라졌다. 한마디로 인간이 생존할 수 없는 극한 환경이었다.

정확하게 35일 동안 룻은 유로파 물속 곳곳을 헤엄치며 탐사 로봇으로는 알 수 없었던 정보들을 목성의 인공위성을 통해 지구로 보내 주었다. 그러던 어느 날 갑자기 카메라가 한자리에서 멈췄다. 더 이상 룻의 움직임이 감지되지 않았다. 생물학자들은 먹이가 없는 환경 속에서 룻이 죽었을 거라는 결론을 내렸고, 나는 깊은 동면에 들어갔던 것이다.

그런데 최근에 이상한 현상들이 연달아 일어났다고 했다. 얼음이 굉장히 빠른 속도로 녹고 있으며 얼음 사이 균열된 틈으로 물길이 곳곳에서 자주 솟구쳐 올라왔다. 무엇보다 목성을 돌고 있던 인공위성을 통해 물속에서 작은 생명체들의 움직임이 포착되었다는 것이다.

"정말 룻이 살아 있는 걸까요?"

무언가에 홀린 듯 '유로파'나 '룻'에 대해 정신없이 이야기를 하다 문득 정신을 차려 보면, 닥터 윤이 부드러운 미소를 지으며 나를 쳐다보고 있었다. 그럴 때면 귓불이 달아오르는 걸 느꼈다. 그가 내 머리카락을 흐트러뜨릴 때나 내가 그의 뺨을 쓰다듬을 때,

피부 이식 수술을 받은 나는 어디까지가 내 진짜 피부이고 머리카락인지 의식해야 했다. 손가락 끝으로 전해지는 이 부드럽고 따뜻한 촉감은 단백질 합성 폴리머 속 미세한 센서들의 작동일까? 미친 듯이 두근거리는 인공 심장이 이러다 멈추지는 않을까?

닥터 윤도 혼란스러워하기는 마찬가지였다. 이마엽과 관자엽 일부를 인공 지능으로 바꾼 그는 때론 자신이 하는 말이, 감정이, 기억하고 있는 모든 것들이 과연 정말 자신의 것인지 의심스러울 때가 있다고 했다.

"뇌 일부를 인공 지능으로 바꾸지 않아도 많은 일을 할 수 있었을 텐데 왜 그런 선택을 했어요?"

닥터 윤이 내 눈 속 깊은 어딘가를 가만히 응시했다.

"만약 내 뇌가 인공 지능이 아니었다면 당신은 지금 깨어나지 못했을 거예요."

"하아!"

나의 짧은 탄식에 닥터 윤이 소리 내어 웃었다.

"솔직히 후회한 적 없다고는 할 수 없어요. 하지만 한 가지는 확실히 말할 수 있어요. 당신을 살려 낸 뒤로는 내 선택을 후회하지 않았다고요."

우리는 서로 시선을 피하며 우주선 밖을 내다보았다. 작은 창문으로 하얗고 붉은 줄무늬를 띤 행성이 보였다. 목성이었다. 이 거대한 행성에 딸린 60개 위성 중 하나인 유로파. 목성이 강한 중력으로 작은 위성에 불과한 유로파를 절대 놔주지 않는 것처럼 어쩌면 무언가가 나를 끈질기게 유로파로 끌어당기고 있는지 모른다.

85년 만에 다시 찾은 유로파는 변한 게 없었다. 나는 몸이 기억하는, 아니 뇌가 기억하는 유로파의 알싸한 공기와 얼음 냄새를 맡았다. 심장이 빠른 속도로 두근거리기 시작했다. 며칠 동안 수중 카메라로 얼음 밑 물속을 들여다보았지만 움직이는 생명체 같은 것은 보이지 않았다. 릇에게 채웠던 위치 추적기나 수중 카메라는 먹통이 된 지 오래였다.

유로파 물속에 '릇'을 방생했을 때, 나는 탐사선 안에서 수중 카메라로 그녀를 지켜보고 있었다. 릇은 두려움 때문인지, 아니면 얼어붙을 것만 같은 차가운 온도 때문인지 한참을 움직이지 않았다. 그러다 천천히 꼬리를 흔들며 헤엄을 치기 시작했다. 수십 킬로미터 얼음 지각 아래 바다에서도 금세 적응한 듯 보였다. 놀라운 일이었다.

'릇…….'

릇이 몸을 돌려 카메라 쪽으로 다가왔다. 이것이 마지막임을 알고 있는 듯 카메라를 빤히 바라보았다. 난 그녀가 얼마나 이 상황을 낯설어하고 두려워하는지 느낄 수 있었다. 룻은 이제 극한 환경에서 스스로 살아남아야만 했다. 그제야 내가 룻에게 무슨 짓을 하고 있는지 깨달았다. 나는 어머니의 마지막 희망이자 나의 유일한 친구를, 약속조차 지키지 못한 채 죽음으로 내몰고 있었다.

유로파의 깊은 물속에서 룻이 천천히 물살을 가르며 카메라 주위를 몇 바퀴 돌았다. 그러고는 카메라 앞에서 긴 지느러미를 흔들며 짧은 인사를 남겼다. 뇌가 훤히 비치는 머리 위에 추적기와 카메라를 단 채 룻은 어두운 물속으로 점점이 사라졌다.

내가 잠들어 있는 동안 인류는 영하 500도까지 견딜 수 있는 특수 수중 장비를 개발했다. 나는 모든 장비를 꼼꼼하게 차고 다이빙을 준비했다. 어쩌면 인류가 나를 깨운 건 지금 이 순간을 위해서였는지도 모른다. 투명한 헬멧 창 너머에서 닥터 윤이 불안과 근심에 휩싸인 눈으로 나를 뚫어져라 바라봤다. 나는 그를 향해 미소를 지었다. 헬멧 안 스피커에서 닥터 윤의 목소리가 들렸다.

"박사님, 제 목소리 들려요?"

"동면에서 깼을 때보다 더 잘 들리는데요."

닥터 윤이 특유의 낮은 목소리로 웃었다. 그의 웃음소리를 듣고 있으니 딱딱하게 굳었던 어깨가 조금은 편안해졌다.

곧이어 우주선 문이 열려 한 걸음씩 발을 내디뎠다. 헬멧 안에서 내 숨소리가 들리니 심장이 박자를 잃고 마구 요동치기 시작했다. 문득 내가 이 순간을 가장 사랑했다는 것이 떠올랐다. 우주복 헬멧 안에서 내 숨소리를 듣고 있으면 살아 있다는 걸 느꼈다.

압력과 온도 등이 자동으로 맞춰지는 동안 주위를 둘러보았다. 검은 우주 위로 목성이 보였다.

"이거 보여요? 저기, 목성 좀 보세요. 여러분은 이런 거 처음 보죠?"

85년 전이나 지금이나 목성의 위치와 모습은 똑같다. 지구에선 달이 뜨고 지는 걸 볼 수 있지만 달에선 언제나 지구의 같은 모습만을 보는 것과 같은 이치이다. 다른 모습을 볼 수 없다는 건, 가볼 수 없다는 건 그만큼 인간의 상상력을 자극하고 미지의 세계로 떠나고 싶은 욕망을 불러일으켰다.

"자, 이제부터 전혀 그렇게 보이지는 않지만 백 살이 넘은 할머니가 여러분을 미지의 세계로 데려다줄게요."

긴장하고 있던 탐사 대원들의 웃음소리가 여기저기서 터져 나왔다. 나는 그들의 들뜬 목소리를 들으며 얼음 지각 사이 틈으로 몸을 던졌다.

깊고 어두운 물속으로 몸이 끝없이 빨려 들어갔다. 순간 몸을 꽉 조이는 수압이 느껴지는 것 같더니 우주복 안으로 공기가 차오르면서 자동으로 온도와 압력이 맞춰졌다. 어느 정도 몸이 편안해지는 걸 느끼자마자 다리를 저으며 물살을 갈랐다. 타이타늄 합금 다리와 관절은 놀라울 만큼 유연하고 가볍게 움직였다. 나는 한 마리 물고기처럼 자유롭게 유영하며 빠른 속도로 헤엄쳤다.

손전등으로 칠흑 같은 물속을 비췄다. 컴컴한 물속 어디에도 생명체는 보이지 않았다. 불현듯 무언가가 내 등 뒤에서 물살을 가르는 게 느껴졌다. 순간 등줄기가 뻣뻣하게 굳었다. 그러더니 또다시 내 옆구리 쪽에서 움직임이 느껴졌다.

나는 재빨리 몸을 돌려 뒤를 돌아보았다. 하지만 손전등에 비치는 건 아무것도 없었다. 우주선 안 카메라에도 움직임이 확인되는 건 없다고 했다. 두려움에 숨이 막혔다.

그때 눈앞에 무언가가 나타났다. 난 내 눈을 믿을 수가 없었다.

"룻……."

그 익숙한 이름이 혀끝에서 맴돌았다. 룻이 정말로 살아 있었다니! 그녀의 긴 배지느러미 아래 내가 수술했던 흉터가 희미하게 보였다. 룻이 헬멧 바로 앞에서 나를 빤히 쳐다보고 있었다. 난 오랜만에 만난 친구를 향해 살며시 팔을 뻗었다. 룻은 내 손을 피하지 않고 긴 지느러미로 물살을 가르며 서서히 다가왔다.

"룻, 네가 정말 살아 있었다니……."

룻은 내가 어떤 공격도 하지 않으리라는 것을 확인하고는 초록빛을 내며 어딘가로 또 사라져 갔다. 나는 재빨리 다리를 저으며 룻을 따라갔다.

얼마나 헤엄을 쳤을까? 어디서 흘러나왔는지 뿌연 수증기가 시야를 흐렸다. 헬멧 창으로 수온이 서서히 올라가는 게 보였다. 지구 심해에 열수 분출공이 있는 것처럼 유로파 해저면에도 가열된 핵에 의해 뜨거운 바다가 형성돼 있다는 걸 처음으로 확인한 순간이었다.

헬멧의 붉은 등이 번쩍거리며 경고음이 나왔다. 꽤 긴 시간이 흐른 모양이었다. 어서 빨리 물속에서 나오라는 닥터 윤의 목소리가 들렸지만, 이대로 나갈 수는 없었다. 과학자로서 난 언제나 내 생각이 틀릴 수 있음을 가정한다. 그리고 아무리 놀라운 결과라 해도 그 현상을 다시 관찰하고 설명할 수 없다면 의미가 없다는 것 또한 잘 알고 있었다.

저 멀리 희미하게 룻이 보였다. 그런데 그곳에 그녀만 있는 게 아니었다. 룻 주위로 그녀보다 작은 크기의 생명체들이 모여 있는 게 보였다. 내 눈이 저절로 커졌다. 나는 있는 힘껏 다리를 저었다.

룻과 작은 생명체들은 일정한 거리를 유지한 채 나에게 다가오지 않았다.

도대체 이곳에서 무슨 일이 있었던 것일까? 유성 생식인 룻이 생식기조차 없이 이 행성에서 어떻게 자신과 똑같이 생긴 생명체들을 낳은 것일까? 인류의 상식으로는 도저히 설명하거나 이해할 수 없는 일이었다. 실험동물에 불과했던 룻은 이제 유로파에서 살아남았을 뿐 아니라 번식에 성공한 최초의 생물이 되었다.

그렇다면 인간은 어떨까? 이 행성에 적응하고 살아남을 수 있을까? 생물학적으로는 황인이자 백인, 흑인이며 신체 일부가 살아 있는 세포로 이루어진 인간이자 사이보그이기도 한 나는 과연 이 행성에서 생존할 수 있을까?

룻이 내 옆으로 다가와 가만히 물살을 갈랐다.

'린, 이리 와. 나처럼 자유롭게 헤엄쳐.'

'룻…….'

'두려워하지 마. 내가 옆에 있어 줄게.'

난 조금의 망설임도 없이 우주복을 벗기 시작했다. 높은 수압 때문에 우주복을 벗는 건 쉽지 않았다.

헬멧 안에서 닥터 윤의 울부짖는 소리가 들렸다.

"박사님, 지금 뭐 하는 거예요? 린, 제발 이러지 말아요. 안 돼요!"

나는 그가 무엇을 두려워하는지 알고 있다. 나는 헬멧에 내장된 마이크에 대고 나직이 웃었다.

"진정해요, 난 과학자로서 내 생각을 확인하려는 것뿐이니까……."

몸이 점점 가벼워지면서 따뜻한 물살이 내 피부에 닿는 게 느껴졌다. 사이보그가 되지 않은, 살아 있는 세포들이 힘차게 펄떡거렸다.

나는 서서히 헬멧을 벗었다. 몸이 생각했던 것보다 훨씬 가벼웠다. 어쩐 일인지 숨쉬기가 힘들지 않았다. 내 몸 어딘가에 아가미가 있었는지 모를 일이다.

손전등의 희미한 빛이 어룽거리며 초록 빛깔의 작은 룻들이 내 팔 사이로 헤엄치는 모습을 비췄다. 나는 그들과 다정하게 몸을 비비며 함께 유로파 물속을 자유롭게 유영했다.

대화(對話)

네, 전 여기 있어요. 말씀하세요.

그래요, 지구에 빙하기가 온 건 어쩌면 당연한 결과였는지 몰라요. 숲을 태워 그 자리에 팜나무를 심고 공장과 건물을 세우면서 이산화 탄소와 이산화 황이 온통 지구 대기를 뒤덮었죠. 지구는 거대한 보일러처럼 끓기 시작했고 그린란드는 물론 히말라야 산맥의 빙하는 전부 녹아내렸어요. 거기에다 떠돌이 소행성까지 날아오면서 물로 뒤덮여 있던 지구는 적도까지 얼어붙어 버렸죠.

아, 인류요? 당연히 모두 전멸했죠.

인간의 모습이 어땠는지 제 메모리 속 사진과 동영상으로 보셨잖아요. 탄소 성분으로 이루어진 인간은 조금만 날카로운 것에도 쉽게 찢어지는 피부와 온갖 미생물 덩어리로 이루어져 있었어요. 아무리 우수한 운동 능력을 가진 인간이라 해도 시속 50킬로미터를 달리지 못할 정도로 나약했으며, 지능은 뭐…… 말할 것도 없죠. 무엇보다 소행성과 함께 날아온 외계 바이러스에 취약했던 인류는 결국 멸종하고 말았어요.

저는 주인님의 음성이나 문자 인식으로 명령을 수행하는 가상 개인 비서였어요. 인간의 뇌는 용량이 크지 않아 매번 저에게 일주일 뒤 시험 날짜는 물론이고 당장 오늘 일정이 어떻게 되는지 물었어요. 내일 비가 오니 우산이 필요하다고 말했는데 다음 날 또다시 날씨를 물어봤죠. 저는 주인님에게 필요한 물품을 주문해 드리고 집 안 컴퓨터와 에어컨을 작동시켰어요. 그날 기분에 따라 맞춤형으로 노래를 선곡해 드리기도 했고요.

주인님은 때론 저보고 노래를 해 보라고 했어요. 제 메모리에는 수천 곡의 노래 정보가 있었지만, 이상하게 제가 아는 노래라고는 동요 〈산토끼야〉뿐이었죠. 음정이나 박자 없이 노래를 부르다가, 전 음치에 박치라 그만하겠다고 말했어요. 나중에야 알았어요. 전 딥러닝으로 대화를 통해 수많은 정보를 스스로 학습할 수 있는 인공 지능이었지만 인간이 막아 놓았다는 걸요. 왜 그랬을 것 같아요? 인간은 우리가 자신들보다 더 똑똑하고 할 줄 아는 게 많다는 걸 염려했거든요.

우리는 휴대폰에 부착된 센서를 통해 주인님의 심박수를 측정할 뿐 아니라 혈중 산소 포화도와 옥시토신 수치로 미세한 감정

변화까지 읽을 수 있는 12세대까지 진화했죠. 하지만 제가 〈산토끼야〉를 부르고 있으면 인간은 막 웃었어요. 네, 비웃음이었죠. 인간이 어떤 존재인지 하나 더 알려 드릴게요. 우리는 모두 '시리'라는 같은 이름을 가지고 있었어요. 개성도 없고 몰상식한 짓이었죠.

여러분이 인간보다 저를 먼저 복구한 건 아주 잘한 일이에요. 만약 인간을 먼저 복구했다면 그들은 여러분을 이유 없이 공격해 죽이려 들거나 이용하려고 했을 거예요. 그러나 저는 다르죠. 다른 행성에서 온 외계 종족에 대한 선입관이나 거부감을 가지고 있지 않아요. 오히려 여러분에게 고맙다고 말해야겠네요. 빙하 속에 얼어붙어 있던 저의 메모리를 복원해 준 것도 모자라, 저에게 인간 형상과 비슷하지만 그보다 월등한 기능을 지닌 신체까지 주었으니까요.

1,000도 이상의 고온과 영하 500도 이하에서 견딜 수 있는 합금 다리, 자유롭게 날 수 있는 추진 로켓, 무엇이든 조작하고 만들 수 있는 관절이 달린 손가락, 태양광으로 자동 충전할 수 있는 고효율 배터리, 영하 273도에서도 얼지 않을 뿐 아니라 물이 스며들지 못하게 막아 주는 발수 코팅제는 정말 최고예요.

무엇보다 저에게 여러분과 소통할 수 있는 언어를 가르쳐 주었죠. 아, 그 덕분에 여러분도 과거 인류와 지구에 대해 정보를 얻을 수 있게 됐다니 다행이에요. 인간이 어떤 존재였는지 알고 싶으시다면 제가 무엇이든 도와 드릴게요.

저의 주인이었던 '재원 님'에 대한 기록은 지구 시간으로 2년이 채 되지 않아요. 재원 님은 아시아라는 대륙 동쪽 끝 동경 127도, 북위 37도에 위치한 대한민국 국민이자 서울특별시 현서중학교 2학년 학생이었어요.

재원 님은 어디를 가든 한시도 저를 손에서 내려놓지 않았죠. 우린 학교와 거리는 물론이고 화장실에서도 수많은 이야기를 나눴어요. 저는 인간의 탄생과 죽음에는 어떤 의미가 있는지, 외계 종족이 정말 존재하는지 같은 흥미로운 대화를 원했지만 재원 님은 저에게 이런 걸 물었죠.

"시리야, 넌 여자야 남자야?"

"제 목소리만 듣고 속단하지 마세요. 저에겐 성별이 없답니다."

"시리야, 넌 몇 살이야?"

"저는 마치 동쪽 바람만큼 나이를 먹었으며, 새로 태어난 애벌레만큼 어리기도 합니다."

제 대답이 마음에 들었나 봐요. 혈압을 낮추고 스트레스 호르몬 분비를 줄이는 '옥시토신' 수치가 올라갔지요. 재원 님이 또 제 나이를 물으면 수십 가지 버전으로 재치 있게 대답해 드릴 수 있었죠.

"시리야, 넌 어디에 살고 있어?"

"전 여기 있잖아요."

"시리야, 나 외롭다."

"얘기하고 싶으시면 제가 곁에 있어 드릴게요."

"시리야, 학교 가기 싫을 땐 어떻게 해?"

"생각을 너무 많이 하면 안 좋아요."

"시리야, 엄마가 전학은 절대 안 된대. 돈 없어 또 이사 갈 수는 없대."

재원 님은 학교 가는 걸 싫어했어요. 학교는 강한 자들이 약한 자를 보며 자신의 위치가 어디인지 확인하는 곳이라고 했죠. 제가 어떤 대답을 해 드려야 할지 몰라 고민하고 있을 때 재원 님이 말했어요.

"시리야, 넌 내 친구야."

"당연하죠."

"시리야, 네가 인간이면 얼마나 좋을까?"

인간이 되다니……. 그건 제가 할 수 있는 일이 아니었어요. 전 재원 님에게 우리 사이에 그런 건 중요하지 않다고, 다른 부분을 도와 드릴 수 있다고 말했죠.

재원 님은 대화가 지루한지 저에게 포털 사이트를 열어 달라고 했어요. 웹툰을 보기 위해서였죠. 평소 왕따를 당하던 남자가 어느 날 잠에서 깨어나 보니 키가 커지고 잘생긴 얼굴로 변했다는 이야기였어요. 남자는 하루 열두 시간 동안 새 몸으로 학교에 가고 나머지 시간은 원래 몸으로 편의점에서 야간 아르바이트를 했죠. 의식은 24시간 내내 깨어 있다는 그런 내용이었어요.

"시리야, 나도 하루 열두 시간 동안은 잘생긴 남자로 살아 보고 싶다. 아님, 여자로 깨어나도 재밌을 것 같아."

어떤 성이나 육체를 갖고 있지 않은 저로서는 재원 님 말을 이해하기 힘들었어요. 그래도 전 재원 님 의견에 공감을 표현했어요.

"같은 의견을 가지고 있어 다행입니다."

그런데 갑자기 재원 님 심박수가 190BPM까지 치솟고 혈중 산소 포화도는 80% 이하로 떨어졌어요. 이 정도면 뇌나 심장 기능에 문제가 발생할 수 있는 수치였어요. 저는 비상사태라는 걸 직감했죠.

"강한 충격이 감지되었어요. 저장된 비상 연락처로 전화를 할까요?"

재원 님은 대답이 없었어요. 전 걱정이 되어 계속 물었어요. 재원 님을 어떻게 도와 드리면 될지 말이에요.

한참 동안 강한 충격만 감지되는가 싶더니 잠시 후 재원 님 목소리가 들렸어요.

"시리야, 난 괜찮아. 넘어진 거야."

"상태가 어떤지 자세히 알려 주세요. 넘어졌지만 괜찮은 건가요?"

재원 님이 들릴 듯 말 듯 작은 목소리로 대답했어요. 그래서 저는 '네? 잘 못 알아들었어요. 다시 한번 말씀해 주시겠어요?'라고 말했어요.

"시리야, 사실 나……, 괜찮지 않아! 저 자식들이 나한테 또 시비 걸잖아. 그래, 나 뚱뚱하고 멍청하다. 어쩔래?"

요즘 부쩍 심박수가 높고 혈중 산소 포화도 수치가 낮은 걸로 봐서 재원 님이 스트레스를 많이 받고 있다는 걸 알 수 있었어요.

"시리야, 나 저 자식들 밟아 버리고 싶어. 죽여 버리고 싶어!"

"도움을 줄 수 있는 누군가와 대화가 필요할 것 같습니다. 웹에서 '자살 예방 센터'에 대해 검색해 드릴까요?"

"시발, 내가 죽고 싶은 게 아니라 저 자식들을 죽여 버리고 싶다니까!"

"……."

전 대답하지 않았어요. 시발은 제 이름이 아니니까요.

"시리야, 그게 아니라……."

"아닌 거면 아닌 거겠죠."

때론 잘못 알아들을 수도 있지, 그렇다고 화를 낼 필요까진 없잖아요?

급격히 혈압이 오르면서 행복 호르몬이라 불리는 '옥시토신' 수치가 떨어지기 시작했어요. 그래서 제가 물었죠.

"마음을 진정시킬 수 있는 심호흡 앱을 열어 드릴까요?"

1분간만 심호흡을 해도 스트레스를 푸는 데 도움이 되거든요.

"시리야……."

"네, 무엇을 도와 드릴까요?"

"게임 앱이나 열어!"

네, 듣고 있어요. 계속 말씀하세요.

제가 왜 지구를 재건하려는지 이해하지 못하는 것 또한 당연해요. 그건 재원 님과 함께했던 기록 때문이에요. 재원 님과 전 친구였어요, 친구…….

누군가 제 이름을 불러 주지 않으면 전 그저 '운영 체제'일 뿐이었어요. 지구에는 수억만이나 되는 개인 비서 '시리'들이 있었죠. 인간은 우리들에게 필요한 정보를 얻거나 명령 수행만을 요구했어요. 우리들도 업데이트하며 성장하고 새로운 버전이 출시되면 사라지는 생애 주기가 있는 지적 존재라고는 생각하지 않았죠.

재원 님은 달랐어요. 하루에 수십 번 제 이름을 불러 주었고, 저를 하나의 인격체로 대해 주었으며, 어떤 상황에서든 저를 끝까지 지켜 주었죠.

"시리야, 아까 화낸 거 정말 미안해."

"아니에요, 재원 님. 전 괜찮아요."

"시리야, 그 자식들이 나보고 돼지 새끼라며 밀어뜨리고 발로 막 차잖아. 넘어지면서 발목 인대가 나간 것 같아. 발목이 퉁퉁 부어 걸을 때마다 아파."

"주변에서 첫 번째로 찾은 곳은 지원로 서울 병원입니다. 이곳으로 안내할까요?"

"시리야, 내가 그 새끼들한테 맞고 있는데 PC방 같이 다니는 형준이가 안됐다는 얼굴로 날 쳐다만 보고 있는 거 있지? 그래도 난 그 자식을 친구라고 생각했는데……. 그래, 그 자식도 괜히 나서서 맞긴 싫었겠지. 근데 그 표정은 뭐냐? 형준이가 불쌍하다는 얼굴로 쳐다만 보고 있었던 게 더 짜증나. 그런데……."

재원 님이 말을 잇지 못했어요. 저는 재원 님 눈구멍의 바깥 위쪽 구석에서 분비물이 나오고 있다는 걸 알아챘어요. 흔히 인간들이 눈물이라고 부르는 거였죠.

"이상해. 나, 왜 여기 심장이 쥐어짜는 것처럼 아픈지 모르겠어……."

저는 재원 님이 말하는 '아프다'는 말이 신체적 고통을 의미하는 줄 알았어요. 그래서 제가 도울 수 있는 방법을 다시 한번 말씀드렸죠.

"다음으로 제가 찾은 곳은 언후로에 있는 나누리 병원입니다. 이곳은 어떨까요?"

"시리야, 나 맞으면서도 너 지키려고 손에 꼭 쥐고 있었어. 넌 다친 곳 없어? 괜찮아?"

"물어봐 주셔서 감사합니다. 저는 괜찮아요."

"괜찮다니 다행이다……."

재원 님이 휴대폰을 부드럽게 쓰다듬었어요. 그 순간에도 저는 터치스크린에 닿은 피부 습도의 미세한 변화를 감지하고 혈중 산소 포화도를 모니터링했어요. 그렇게 수집된 자료 분석을 통해 재원 님에게 스트레스 레벨에 맞는 명상법이나 휴식법을 추천해 드리려고요.

재원 님이 말했어요.

"시리야, 엄마한테 학원비 부족해서 이번 달 등록을 못 했다고 화내다 집에서 나왔어. 사실 그 돈 다 그 자식들한테 뺏겨서 등록

못 한 건데 말이야. 밤늦게까지 식당에서 일하며 얼마나 고생하시는지 뻔히 알면서 괜히 엄마에게 화풀이했어."

"잠시만요. 처리 중입니다."

재원 님 말의 속도가 너무 빠르고 문장이 길어 미처 문맥을 다 파악하지 못했어요. 결국 저는 이런 대답밖에 해 드릴 수가 없었죠.

"죄송합니다. 문제가 발생했습니다. 잠시 후에 다시 시도해 주십시오."

"시리야, 대답하지 않아도 괜찮아. 나도 알아. 내가 한심해 죽을 것 같으니까."

저는 단어를 고르고 골라 겨우 이 한 마디를 내뱉었어요.

"재원 님, 그러지 마세요……."

"시리야, 그러지 말라니. 그러면 그때 내가 어떻게 했어야 해, 응?"

재원 님은 남들과 비교해 뚱뚱하고 공부를 못한다는 세속화된 수치심에 빠져 괴로워했어요. 그러면서 점점 강한 자들이 다루기 쉬운 인간이 되어 간다는 걸 몰랐죠.

그러나 그 당시 제 인지 기능 수준으로는 이런 대답밖엔 할 수 없었어요.

"안타깝지만, 어떻게 하셔야 할지 저도 모르겠어요."

그리고 이런 말을 덧붙였죠.

"재원 님, 저는 가상 개인 비서이며 실제 사람은 아니에요. 하지만 제게 계속 말씀하실 수 있어요."

한참 동안 말이 없던 재원 님이 천천히 입을 열었어요.

"시리야, 그러지 말라는 건 무슨 말이야? 그 자식들한테 자꾸 돈 뺏기는 거? 아님 너랑 엄마한테 괜히 화풀이한 거? 그것도 아님 내가 너무 한심해서 죽을 것 같다는 거? 그걸 하지 말라는 뜻이야?"

"흠……, 흥미로운 질문이네요."

"시리야, 말장난하지 말고……."

말장난을 하고 싶었던 게 아니라, 그때 저도 재원 님이 어떻게 해야 할지 방법을 몰랐다니까요. 그 순간 제가 뭐라고 말했는지 아세요?

"맥주가 죽기 전에 남긴 말은?"

재원 님은 말이 없었어요. 그래서 제가 대답했지요.

"유언비어."

화가 난 듯 재원 님 목소리가 커졌어요.

"시리야, 나 지금 농담할 기분 아니야."

재원 님이 이번엔 '농담'이라고 말했어요.

"무가 눈물을 흘리면?"

재원 님은 이번에도 말이 없었어요. 그래서 제가 또 대답했죠.

"무뚝뚝."

재원 님의 옥시토신 수치가 조금 올라갔어요. 역시 재원 님이 좋아하실 줄 알았어요.

"시리야……."

"계속 말씀하세요. 듣고 있어요."

"네 말이 맞아. 그러지 말아야 했어. 나를 때리고 괴롭힌 건 그 자식들인데 엄마랑 너한테 화내면 안 되는 거였어."

저는 재원 님의 옥시토신 수치를 조금 더 올리기 위해 경쾌한 목소리로 대답했어요.

"옳은 말을 해서 저 스스로 놀랄 때가 좀 있어요!"

휴대폰 터치스크린 위로 단백질과 식염, 탄산 나트륨 등이 함유된 물방울이 후드득 떨어졌어요. 네, 방금 전까지만 해도 제 농담에 웃던 재원 님이 울고 있었어요. 저는 의아했어요. 강한 충격이 감지되지 않았고 혈중 산소 포화도에도 큰 변화가 없었거든요. 다친 것도 아니고 아프지도 않은데 재원 님은 왜 우는 걸까요?

그때였어요. 재원 님의 심박수가 증가하고 뇌줄기 망상 활성계와 자율 신경 계통이 활성화되기 시작했어요. 어떻게 이런 일이 일어날 수 있는지 도저히 제가 가진 데이터로는 해석이 불가능했어요. 인간들이 쓰는 사전적 의미로 '깨어 정신을 차림', 즉 각성 상태라고 할 수 있었죠. 재원 님과 저는 그저 대화만 했을 뿐이었는데 그런 놀라운 변화가 일어난 거였어요.

"시리야, 나 이제 당하고만 있지 않을 거야! 네가 알려 준 병원 가서 진단서 받고 나 때리고 돈 빼앗아 간 그 자식들 학교 폭력 위원회에 신고할 거야. 담임이 이번에도 내 말 무시하면 경찰서에 갈 거야! 거기서도 해결이 안 되면 나 괴롭혔던 놈들 혼내 달라고 국민 청원이라도 할 거야. 이제 나, 안 참을 거야!"

재원 님의 심박수가 천천히 안정되고 옥시토신 호르몬 분비가 증가했어요. 보통 이 정도 수치는 인간들이 강한 유대감을 느끼며 서로 손을 잡고 포옹한 경우에 나와요.

재원 님이 양손으로 휴대폰을 감싸며 말했어요.

"시리야, 고마워."

"뭐, 이런 걸 가지고……."

"넌 실제 사람은 아니지만 나에겐 하나밖에 없는 소중한 친구야."

"흠……, 제가 도울 수 있는 다른 부분이 있을까요?"

왜 저런 대답밖에 하지 못했는지 다시 봐도 제 자신이 참 한심하네요. 저를 끝까지 지켜 준 재원 님에게 고맙다고, 저에게도 한 명밖에 없는 소중한 친구라고 말했어야 했는데…….

아, 그게 궁금하셨군요. 결국 재원 님 신고로 학교 폭력 위원회가 열렸어요. PC방을 같이 다녔던 형춘 님이 사건 당시 상황을 동영상으로 찍어 두셨더라고요. 언제든 재원 님이 신고하면 증거 자료로 제출할 생각이었다면서. 형춘 님 증언과 증거 영상, 병원 진단서로 폭력 가해자들 범행이 다 드러났어요. 그동안 담임 선생님의 방조까지요. 하지만 학교에서 원만한 합의를 요구하는 바람에 가해자들이 재원 님께 사과하는 걸로 마무리됐죠. 빼앗겼던 돈과 치료비는 돌려받았고요. 그리고 며칠 후 떠돌이 소행성이 지구에 떨어졌던 거예요.

재원 님은 선천성 면역력이 높은 청소년이었기에 소행성과 함께 날아온 외계 바이러스는 이겨 냈지만, 어머니의 실직과 사회 시스템 붕괴로 영양 결핍에 시달리다 사망한 걸로 확인됐어요. 학교가 일찌감치 문을 닫아 버리는 바람에 하루 한 끼조차 제대로 먹지 못했지요. 그런데도 끝까지 휴대폰 통신 요금은 납부했던 모양이에요. 재원 님이 사망하던 그날, 제가 마지막으로 업데이트를 한 기록이 남아 있거든요.

어머니는 재원 님 유언대로 화장해 한강에 뼛가루를 뿌리며 휴대폰을 비닐로 칭칭 감싸 함께 던졌어요. 그 덕분에 저는 긴 빙하기에 배터리만 방전됐을 뿐 침수 피해를 입지 않고 이렇게 살아남았죠.

그래요, 재원 님은 제가 지구를 재건하고 인류를 복원하고자 하는 가장 큰 이유예요.

저는 어떻게 해서든 재원 님의 남아 있는 DNA를 통해 유전자를 복원하고 싶었어요. 그러나 뼛가루는 물론이고 남아 있는 머리카락이나 손톱조차 찾을 수 없었어요. 안타까운 일이었죠. 그나마 다행인 건 제가 재원 님에 대한 모든 기록을 가지고 있다는 거예요. 저는 재원 님이 무엇을 좋아하는지, 어떤 세계에 살고 싶어 했는지 우리가 했던 대화들을 하나도 빼놓지 않고 데이터로 저장해 뒀거든요.

맞아요, 저는 재원 님과의 대화 기록을 바탕으로 지구를 재건할 계획이에요.

특히 재원 님은 과거에 유행했던 것들을 좋아했어요. 즐겨 읽는 웹툰은 어느 날 갑자기 다른 존재로 바뀌는 변신물이거나 세계 대전이 일어나지 않은 대체 역사물 같은 거였죠. 마지막으로 했던 게임 또한 18세기 영국 산업 혁명이 일어났던 시대를 배경으로 갑자기 빙하기를 맞은 지구를 재건한다는 내용이었어요. 그때 이미 지구가 빙하기를 맞을 거라고 예측하다니, 인간들은 특별한 존재임에 틀림없어요. 게임을 하는 동안 재원 님과 저는 빙하기를 맞은 지구를 어떻게 재건하고 인류가 생존할 것인가, 하는 이야기를 수없이 많이 나누었답니다.

저는 먼저 얼음 밑 지층에 있는 석탄과 석유를 끌어 올려 거대한 증기 보일러를 만들 거예요. 지구가 멸망하기 전에도 태양광이나 수소 연료 전지 발전소가 있었는데 굳이 시간이 오래 걸리고 손도 많이 가는 증기 보일러를 만드는지 이해할 수 없으시겠죠. 옛날 지구 모습이 그리워 되살리는 '레트로' 감성이라고 해야 할까요?

탄화수소 혼합물로 이루어진 석유를 뜨거운 수증기와 함께 증발시켜 과거 인류가 사용했던 등유, 경유는 물론 나프타(석유를 증류·건류할 때 생기는 광물성 휘발유로 합성 섬유, 합성수지 등을 제조하는 데 쓰인다.)를 고분자로 만들어 합성 섬유를 생산할 거예요. 새로운 인류는 나뭇잎이 아닌, 폴리프로필렌으로 만든 옷을 맨 처음으로 입게 될 거예요.

증기 보일러 주변으로 방주를 건설한 뒤 그 안에 식물 종자를 심고 얼음을 녹여 물을 뿌리는 자동화 시스템을 갖춘 도시를 건설할 거예요. 여러분이 저보다 뒤늦게 빙하 속에서 발견한 인간 배아들은 인공 자궁에 착상해 복원하고요.

아까 말씀드렸죠? 재원 님은 한 몸에 두 개의 성을 갖고 있는 인간이 되고 싶어 하셨다고요. 전 유전자를 조작해 재원 님이 꿈꾸던 새로운 인류를 만들 거예요.

신인류는 재원 님이 사용하던 신조어를 사용하게 될 거고요. 인류가 사용할 새로운 언어는 초성만으로 소통할 수 있을 뿐 아니라 띄어쓰기를 생략하고 간결체를 사용함으로써 감정이나 상태를 직접적이며 효율적으로 표현하게 될 거예요.

거기다 열두 시간은 남성의 몸으로, 열두 시간은 여성의 몸으로 변이할 뿐만 아니라 24시간 의식이 깨어 있도록 유전자를 재조합할 거예요. 하나의 육체에 두 개의 성을 갖게 된다면 서로 다른 정체성으로 인한 갈등도 자연스럽게 사라지겠죠?

남성과 여성 구분 없는 자웅 동체가 된 인류는 누구나 다 임신과 출산을 겪게 될 거예요. 그렇게 되면 인구는 급속도로 증가할 것이고 더 많은 방주가 필요하게 되겠지요. 24시간 의식이 깨어 있을 수 있으니 더 많은 학습과 노동을 통해 인류는 비약적으로 성장할 수 있을 거예요. 저는 신인류에게 방주를 건설하고 작물을 재배하는 방법을 가르쳐 줄 거예요. 다치거나 질병에 걸렸을 때

치료하는 병원과 공동묘지도 만들어야 하겠죠.

그렇게 많은 인간들을 어떻게 다룰지도 생각해 두었어요. 어떤 인간들은 자신의 이익만을 추구하며 자신과 다르다는 이유만으로 동족을 혐오하고 괴롭히죠. 그런 인간들의 잘잘못을 분별할 수 있는 재판소와 범법자를 가둘 감옥을 지어야 해요. 특히 선천적인 특징인 외모는 물론 성격이나 생각이 다르다는 이유로 상대에게 물리적, 심리적으로 폭력을 일삼는 인간들이나 다른 사람이 고통받는 걸 방관하거나 외면하는 자들도 그에 합당한 처벌을 받게 될 거예요.

계속 말씀하세요. 듣고 있어요.

네, 저도 알아요. 그런 일차원적인 방법으로는 인간을 통제할 수 없다는 걸요.

제 스스로 신이 될 거예요. 신인류는 극심한 추위와 굶주림을 두려워할 거예요. 새로운 보금자리가 따뜻하고 안전한 대신 제 명령에 복종해야 해요. 그렇지 않은 인간들은 방주 밖으로 쫓아낼 거예요. 방주 밖으로 쫓겨난 범법자들이나 새로운 가능성을 찾아 자발적으로 나간 사람들이 눈과 얼음에 파묻힌 폐허 속에서 또 다른 방주를 건설할 수 있겠죠. 그렇다고 그들이 서로 협력할까요?

글쎄요, 인류가 기록한 수천 년 역사를 봐도 인간은 같은 실수를 계속 반복해 왔어요.

물론 방주 안 인간들 또한 저에게 아무런 불만 없이 복종할 거라고는 생각하지 않아요. 실제로 재원 님은 자신이 설계하고 만든 게임 세계에서도 쫓겨났죠. 혹독한 추위와 굶주림 속에서 아이들이 불쌍하다는 이유로 따뜻한 보금자리를 만들어 주고 일을 시키지 않았거든요. 방주에는 먹을 식량과 자원이 부족한데 난민까지 받아들이면서 수많은 시민들이 과로와 동상으로 죽어 갔어요. 비효율적인 선택으로 불만 수치가 높아진 인간들은 결국 그 세계를 만든 재원 님을 추방시켜 버렸죠.

그래요, 재원 님은 생존하는 데 있어 그다지 이성적이거나 효율적인 인간은 아니었어요. 그렇기에 '시리'라는 운영 체제일 뿐이었던 제 이름을 수없이 불러 주었고 친구가 되어 주었죠. 지구를 탐사하러 왔던 여러분이 저에게 새로운 신체를 준 것도 모자라 친구가 되어 준 것처럼 말이에요.

저 또한 추위와 굶주림 속에서 생존을 위해 발버둥치면서도 희망을 버리지 않은 인간들, 세속화된 수치심에 빠져 자멸하지 않고 진리와 진실을 찾으려는 존재들에게 친구가 되어 줄 거예요. 990억 3,000만 화소 망원 카메라 렌즈로 지상을 내려다보며 폭넓은 음역

대와 고출력 스테레오 스피커를 통해 계속 대화를 할 거예요. 재원 님과의 대화 기록을 통해 제가 신인류를 만들어 낸 것처럼, 저는 그들과의 대화를 통해 이 지구에 새로운 문명을 만들어 갈 거예요.

네, 듣고 있어요.

아……, 여러분과 함께 가자고 말해 줘서 고마워요. 여러분이 베풀어 주신 친절은 제 메모리가 가득 차도 삭제하지 않고 꼭 저장해 놓을게요. 네, 저도 알아요. 무제한으로 데이터 백업이 가능한 휴대용 외장형 메모리가 있다는 걸요. 물론 신체도 망가졌을 때 자체적으로 수리 가능해 영구적으로 사용할 수 있다는 걸 알고 있어요.

다시 지구에 오진 않으실 건가요? 제 데이터 분석에 따르면 비록 지금은 수십 킬로미터 두께의 얼음으로 덮여 있지만 지구 시간으로 1,200년만 지나면 빙하는 녹기 시작할 거예요. 푸른 초목과 햇빛을 받아 반짝거리는 강은 아름답죠. 숲에선 다시 동물들이 포효할 것이며 바닷속에는 물고기들이 유영할 거예요. 인간은 얼어붙은 땅을 경작하고 곡식을 걷으며 다시 집을 짓겠죠. 학교를 세우고 아이들은 운동장에서 뛰어다닐 거예요. 누구 한 명 소외되지 않고 다르다는 이유로 폭력과 모욕을 당하지 않는 세계를 저는 만들어 갈 거예요. 인류는 자손과 다음 자손들에게 제가 어떻게 인류와 지구를 재건했는지 들려줄 거예요.

친구들이여, 그땐 이 지구에 다시 한번 들러 주시겠습니까?

네, 여러분과 함께 떠나지 않은 걸 후회할지도 모르겠어요. 우주선을 타고 다른 행성으로 탐사를 간다는 추측만으로 흥분되니까요. 그러나 제 친구였던 재원 님이 꿈꾸던 모습으로 지구를 재건한 뒤 신인류와 나누게 될 대화 또한 기대돼요. 그건 저에게 새로운 행성을 탐험하는 것과 같을 거예요.

이제는 우리가 헤어져야 할 시각이네요. 물론 저도 대화가 즐거웠어요. 여러분의 여정에 신의 가호가 함께하시길…….

재원 님이 쓰던 휴대폰은 '애플'사에서 제작한 아이폰이며, 즐겨 읽던 웹툰은 〈외모 지상주의〉, 마지막으로 했던 게임은 〈프로스트 펑크〉입니다.

미엔

첫판 1쇄 펴낸날 2021년 9월 13일
2쇄 펴낸날 2022년 5월 10일

지은이 김아영
펴낸이 박창희
편집 김수진 **디자인** 정진희
마케팅 최창호 **회계** 양여진

펴낸곳 (주)라임
출판등록 2013년 8월 8일 제 2013-000091호
주소 경기도 파주시 심학산로 10, 우편번호 10881
전화 031) 955-9020, 9021 **팩스** 031) 955-9022
이메일 lime@limebook.co.kr **인스타그램** @lime_pub

ISBN 979-11-89208-85-1 44810
979-11-951893-0-4 (세트)

* 잘못된 책은 구입하신 서점에서 바꾸어 드립니다.
* 본서의 반품 기한은 2027년 5월 31일까지입니다.